北方河 著

星星的歌

余光中题

郑州大学出版社

图书在版编目（CIP）数据

星星的歌 / 北方河著. -- 郑州 : 郑州大学出版社,
2025. 3. -- ISBN 978-7-5773-0996-5

Ⅰ. I227

中国国家版本馆CIP数据核字第2025BR3843号

星星的歌

XINGXING DE GE

策划编辑	李勇军	封面设计	刘自毫
责任编辑	孙精精	版式设计	大河文业
责任校对	王晓鸽	责任监制	朱亚君

出版发行	郑州大学出版社（http://www.zzup.cn）
地　　址	河南省郑州市高新技术开发区长椿路 11 号（450001）
出 版 人	卢纪富
发行电话	0371-66966070
经　　销	全国新华书店
印　　刷	河南瑞之光印刷股份有限公司
开　　本	710 mm×1 010 mm　1 / 16
印　　张	16
字　　数	241 千字
版　　次	2025 年 3 月第 1 版
印　　次	2025 年 3 月第 1 次印刷

书　　号	ISBN 978-7-5773-0996-5	定　　价	69.00 元

序

金黄耀眼

——读北方河先生诗集《星星的歌》感言

高治军

深秋时节是美好的，赤橙黄绿青蓝紫，七彩世界，如诗如画，斑斓绚丽，犹如画廊一般，天朗气清，赏心悦目，给人的感觉真好。此时读北方河的诗作，我也有同样的感受。在诗歌的世界里，他的诗如同金黄色的秋叶，黄灿灿，明亮亮，分外耀眼，格外引人注目，让人喜爱。

我觉得他的诗歌最大的特点就是守正创新，继往开来。这体现在以下几个方面。

首先是保留了中华诗词优秀的传统。所谓优秀的传统最根本的是他的诗讲究对称、节奏、声律和押韵。仅就押韵来说，在某种意义上是中华诗歌最具特征的特点。韵是比文字还要早的，有种说法是有韵则诗，无韵则文。当然现在也有极端的说法，见韵就不是诗的。对此，仁者见仁，智者见智吧。但是，有韵则生，无韵则沉；有韵则明，无韵则暗；有韵则顺，无韵则晦；有韵则灵，无韵则涩；有韵便能传唱，会得到大多数人的认可、赞同，会在更大的空间流传起来。我还是赞成北方河有韵的诗的，更欣赏有韵的新诗。纵观《星星的歌》，它突出了这个特点，因而被朗诵、被传唱、被赞美。他的诗很多都是这样，特别是借助新媒体、互联网一下子就传开了，阅读者、听众达到了几十万、上百万，乃至更多，在广大的区域内产生了巨大的影响。可以说，他传承了中华诗词的优秀传统，深谙诗之三昧，才使他的诗有这么大的影响。

其次，传统诗歌的另一个特点就是采用赋比兴、风雅颂"六义"。这也为大多数中国人所学习所熟悉所应用。这在北方河的诗歌中俯拾皆是。一首诗，如果无兴则失雅，无比则失灵，无赋则深奥；反之，兴多则枯燥，比多则晦涩，赋多则平俗。他的诗三者的灵活运用达到了有机结合，天衣无缝。诗者，雅道也，他的诗让人感到优美高雅，亲切感人。

再者，传统诗歌还讲究情、语、意。大诗人白居易曾说，诗者，根情、苗言、华声、实义。北方河的诗遵循了这条传统，他的诗根植于工农大众，讴歌先进模范，具有深厚的感情，灿烂的思想之花结出丰硕的意义之果。黑格尔说，诗的最高境界是哲学。也有人说诗的本质就在于它的意义。诗重思想质领先，体式由来随时迁。北方河的诗集《星星的歌》共分四辑：四季花开、大河长歌、岁月长吟、大地飞红，第一个部分是对自然的歌颂、吟唱，其余三个部分都是积极的、向上的、明亮的、鼓舞人心的。北方河心里有阳光，眼中有朝霞，他有向日葵般的品性和金黄、灿烂的性格，诗作也是明亮的、温柔的。

更难能可贵的是北方河的诗与时俱进，敢于创新，也善于创新。这表现在：

一是不囿于传统的五言七言的限制，而是根据新时代的新形势，新需要，新内容，写出了新形式，新变化，不拘一格的新型古体诗。这是弥足珍贵的，也是需要肯定的。突破了旧体诗难于表达现在的、复杂的、细致的、深刻的感情的限制，因而具有革命性的创新。这体现在他的整部诗集之中。

二是体现了现代诗歌自由的特点。自由是极高的价值追求，这是被绝大多数人认可的一种价值取向。生命诚可贵，爱情价更高；若为自由故，二者皆可抛，道出了自由的珍贵。反映到诗歌上就是自由诗。自由诗是诗歌的主题。它自由、开放、包容，海纳百川，能容万物，最大特点就是自由，适应了现代社会、现代人的生产、生活、思想、情感方式，因而大受人们的欢迎、喜爱，被很多人采用。北方河的诗从本质上来讲集中体现了自由这个特点，有着现代的、未来的、广阔的前景。这在四辑之中都能看到。

三是将古今有机结合。北方河的诗吸收了传统诗的优点，采取了现代人喜欢的形式，并将二者有机结合起来，达到了水乳相融、浑然天成，因而他的诗是透明的、芳香的、可敬的、可亲的。

读北方河的诗歌，大气磅礴、气势恢宏是我的又一点感受。诗要景阔，词要情长。景阔，诗才有气势，才能在更大的空间挥洒起来，诗才有意味；情长，词才有深厚的感情基础，才能感染人、打动人，产生好的效果。北方河的诗做到了这一点，他的《复兴颂》《光明颂》《中原颂》就具有这个特点。如《复兴颂》是一首"大诗"，大视野、大手笔、大格局、大场面，可以说是他的代表作。立意深刻，境界高远，雄浑壮阔，纵横捭阖，是一首难得的佳作，也是充满正能量的大气之作，用五千年文明的大胸怀，对中华民族的伟大复兴进行了热切欢呼，也是热情迎接党的二十大的庄严誓言，令人荡气回肠，回味无穷。给人以振奋，给人以力量，这就是他的诗歌的巨大魅力。

尺幅千里、思接千载是他的诗作的又一个特点。诗是高度凝练的艺术，虽短，含量却十分巨大，北方河的诗做到了这一点。跨越千年，想象充沛，比喻活现，诗作丰满，气象万千。一首诗好比一座矿山，挖掘的矿产资源越多、越丰富，诗的品级就越高。反之，一首诗一览无余，一看到底，没有内涵，缺乏容量，就不是好诗。他的诗好像无尽的宝藏，内涵丰富，状难写之物如在眼前，蕴不尽之意尽在言外。这是读他的诗的真切感受。

空灵飞动、诗思飘逸是我的又一感觉。第二辑"大河长歌"突出反映了他诗作的这种能力，轻松将大题材、鸿篇巨制纳于一首之内，摄于方寸之间。并且显得不生硬，不勉强，而是驾轻就熟，灵空飞动，自然飘逸，这是诗人的硬功夫，深功力。

琅琅上口、栩栩如生是我的又一个直观感受。如北方河在《寒露》一诗中通过一片叶子、一朵菊花、一排征鸿、一颗果实就描绘了寒露时节的景致，芬芳在枝头，结果在枝上，有形象，有音韵，读后让人难忘。

诗歌的世界是多彩的，北方河的诗亦是耀眼的。他的诗歌受到传唱，受到喜爱，净化了人们的心灵，给人无限的美好，给人无穷的力量。人们总是喜爱美好的东西，更喜爱美好的优秀的诗歌。优美的诗歌会藏之于名山，传之于后世，《星星的歌》就是如此。

北方河的诗歌有着新时代鲜明的特点，它是面向现代化，面向世界，面向未来的；它又是积极的，向上的，明亮的；它还是古今结合的，中西合璧的，开放包容的；它更是可以传唱的，是可以飞起来的，是大多数人喜爱的。它给斑斓的世界增加了色彩，给诗歌的世界注入了活力与生机，给人们的灵魂带来了温暖与光明，给世人的情感掀起了波澜与感动。

祝愿年富力强、正值盛年的北方河先生写出更多更好的金黄耀眼的诗篇，奉献给人民，奉献给时代。这也是诗人诗作的意义和价值所在。

2024 年 11 月初

高治军　河南省教育厅关工委副主任，中国作家协会会员。

目录

第一辑　四季花开

第二辑　大河长歌

第四辑　大地飞红

病

跋

奏响时代的黄钟大吕

第一辑

四季花开

立 春

雪花已经飘过
北风还上演着最后的暴戾
大地还在冰冻
地心深处　已隐隐传来春的暖意

梅花正艳
幽香四溢
被一寸寸拉长的阳光
谱成了春的序曲

枝头残雪飞花
被闹春的鸟儿轻轻弹起
翩翩起舞
融化在春的舞步里

走向萌动的原野吧
用心去感知那东来的紫气
因为　春天来了
还带着秋的讯息

2016 年 2 月 4 日

雨　水

黄河岸边的柳絮未飞
江南的油菜花已含苞待放
此时的雪花
已落地为雨
冬眠的生命
在雨水里缓缓苏醒

雨水即至
镜头在田畴间重新校准
万物变得清晰
河野山川　嫩绿四起
麦苗在春的韵脚里勃发
峥嵘出万物萌动的密码

这样的日子
不该有悲伤的理由
三季的寒战
已被五十四个日出解冻
春风正为犁铧
划开墒情的五线谱

2018 年 2 月 16 日

惊　蛰

苏醒的不仅是生命
还有对春的希望
那希望
飞扬在滚滚的春雷之上

生长的不仅是躯干
还有对明天的畅想
那畅想
泛绿在惊蛰的春阳

送走凄凉
唤醒春天
开始向大地传递新的风尚

2017 年 3 月 6 日

春 分

平等总会到来
恰如今天的阴阳互补
当太阳越过赤道
阳光便重新做了主

一曲清歌过后
生长的力量开始加速
千炬花间
已是万种风物

闪亮着的
是那神采飞扬的双目
欢快着的
是那踏歌而行的舞步

仰首之处
风筝已与白云共舞
俯首之间
飞花正为大地祝福

2017 年 3 月 19 日

清　明

隐隐约约
一支竹笛在远处牧歌
一场不约而至的杏花雨
打湿了归乡人的落寞
是谁又把昨夜的梦相托
莫把归期错过

门前的老树发新芽
旧时的院子开满花
老房子　土锅台　还有石盘磨
演绎着穿越时空的对话和纠葛
往事如烟　缥缥缈缈
被那一袭小雨轻轻洗过

近乡情怯的人啊
请在此停留片刻
再彻夜点一盏烛火
用回忆把远行的伤痕涂抹
今夜不谈远方
也不管　梦是否醉了寂寞

2016 年 4 月 3 日

谷 雨

漫天飞舞
柳絮如雪
以最浪漫的方式
向春天做最后的告别

布谷鸟
唤醒的慵懒山野
在细雨中　窃窃私语
催促庄稼加速拔节

茶山情歌赛起来了
一对有情人　情真意切
谷雨前的新茶采下来了
满脸洋溢收获的喜悦

美好情愫
蕴藏进一个变幻的季节
绿色希望
孕育在一场春雨的前夜

2024 年 4 月 9 日

立　夏

刚刚挥别思念的季节
春花即片片飘落
似那记忆的片段
似那点点的羞涩

激情被阳光点燃
渲染了葱绿山河
似那涌动的收获
似那少年的火热

一串串希望
在立夏的芬芳中　其华灼灼
一阵阵麦浪
在布谷的呼唤中　渴望金色

用向上的力量
协奏起万物生发的赞歌
把灵魂转向太阳
炫出生命真我

2017 年 4 月 7 日

小　满

根根麦芒
向太阳展示着坚强
在渐趋饱满的麦穗上
迎风招展着希望

阵阵麦浪
芬芳着收获梦想
掩饰不住的喜悦
在农人眸子里点亮
生锈的镰刀
终于又要派上用场

收割的悸动
在镰刃儿上重新闪光
小满前后　种瓜点豆
泥土里又埋下了萌动的力量
这力量在麦香的空气里弥漫
在如刺的麦芒上荡漾

这样的节气
是夏日最美的时光
有播种的诗行
有丰收的希望

2024 年 5 月 20 日

芒 种

芒种的田野

麦香四溢

粒粒饱满的麦子

丰满而欢喜

似那闺中待嫁的姑娘

掩饰不住幸福的消息

透过太阳的光芒

我把你端详到入迷

似那久别重逢的恋人

向你倾诉着追寻的遭遇

芒种　你就是我梦寐的新娘

今天　我要把你漂漂亮亮地迎娶

2017 年 5 月 28 日

夏　至

收割后的田野
新苗已经连荫成片
希望和生命的轮回
再次演绎生生不息的理念

阳光被拉长到顶点
便是物极必反
此消彼长
阴阳交错只是一瞬间

在这最长的一天
怀揣内心的丝丝眷恋
向着下一个循环
静静许下心愿

感念岁月安好
歌唱季节嬗变
祈福日月吉祥
淡观乾坤翻转

2017 年 6 月 21 日

小 暑

热情过度
也是一种伤害
心留余地
紫气自来

小暑
就像刚刚结束成人礼的大男孩儿
跃跃欲试中　情窦初开
朝气蓬勃里　羞涩恋爱

小暑
又如那悸动的青春
在悸动里把时光涂彩
在涂彩中把梦想采摘

更如那恬静的日子
不只是激情的大海
还有那小溪欢歌
平湖秋月　烟雨楼台

于是　我由衷地赞叹
这逝者如斯的岁月啊
过滤了太多的躁动和雾霾
唯独留下了坦然和感慨

2017 年 6 月 2 日

大　暑

伸出手掌
在烈日下炙烤曝光
顺指尖流下的不仅是汗水
还有流动的脂肪

十指连心哪
烈日沿着指尖侵入心房
在胸中点燃烈火
火焰协奏着心灵禅院的钟响

我把手反过来
让烈日见证另一面的坚强
十指紧握呀
我扼住了烈日的咽喉和彷徨

2016 年 7 月 30 日

立　秋

热烈　不是生活的全部
沉静　已内敛入一枚落叶
在随风飞旋中转换了季节

躁动终归不能持久
冷静下来
才是收获的开始

2016 年 8 月 7 日

处 暑

清风问候岁月
摇曳着门当上的风铃
似那呢喃声声
丁零零　丁零零

风渐凉　过滤了浮躁
夜渐长　抚慰着心旌
浮华褪尽
日子又一次沉静

绿叶完成了使命
以轻盈的舞姿与季节辞行
泛黄世界被一遍一遍地渲染
风过稻香　把收获的梦唤醒

2016 年 8 月 21 日

白 露

露珠是星星的泪
总在夜深人静时滑落
冷露凝入丰硕的稻穗
与渐凉的秋风相拥而舞

南归的雁阵声声
微漾着蝴蝶小小的心
它仰天而泣
渴望鸿雁般振翅一飞

风招呼着片片落叶
渐渐掩盖了蝉虫鸣叫
世界重新变得安静
不喧不闹　也不躁

在金桂飘香的日子
把秋风和白露煮成一盏茶
在仲秋月圆之夜
慢慢品　轻轻咂

这样的季节
秋水如镜
内心却总有一种莫名的情愫
言不清　亦道不明

2017 年 9 月 3 日

秋　分

当一切都安静下来
思绪愈加悠长
流年似水
静静流淌

阳光一天短一线
不知该是感伤　还是欢畅
草木开始枯萎
希望却被播进土壤

在阴阳重新平衡的这一天
留下的不只是回忆　还有期望
丰收的喜悦已成过往
地下的种子准备迎接风霜

2017 年 7 月 20 日

寒 露

一片叶子
完成使命
摇动着整个夏天的记忆
终于挣脱枝头
以轻盈的舞姿
喜悦着生命的解脱

一朵菊花
以安静的盛开
渲染着蝴蝶最后的狂欢
终于触动季节
感恩秋风问候
滚落花瓣感动的泪珠

一排征鸿
心系梦想
用整齐的队列坚定着远方
雁鸣长空
伴舞着高天流云
把故事留给万里征途

一颗果实
用足够的耐心
积攒从春到秋的所有阳光

终于芬芳枝头
却期待着一场青霜
把至臻的熟美传扬

新翻耕的土地
将播下金色的希望
期盼着来年的好时光
田野重新变得安静
新的涌动
却在地下酝酿

2017 年 10 月 8 日

霜　降

每一次
都从这里走向冬的深处
虽有徘徊
终是义无反顾

霜降如约而至
把大地武装得草木皆兵
而雪花
却在运筹帷幄中暗度陈仓

界定世态炎凉
厚重了季节收获
北方的冬小麦
正期待一场大雪

雪花来临的日子
浮躁　绝尘而去
而我　将在沉静中把冰雪激扬
让诗行在梅香里飞翔

2017 年 10 月 17 日

立 冬

我积攒
整个秋天的阳光
在寒风乍起的日子
温暖疲惫的灵魂

我捡起
深秋最后一片落叶
待雪花飞舞的季节
装点银色世界

远方的雪花儿
正与寒流密谋
北方的大地
将经历一场惊心动魄

河水在坦然地等着
它说　冻结了樯橹
冰面
就是另一条路

大山在安静地迎着
它说　一切冬眠和凄迷
都将苏醒在
冰雪后的春雷里

迭代中的季节
希望　总在忧伤里诗语
而梦中那淡淡的梅香
开始酝酿鸟语花香的序曲

2017 年 11 月 7 日

小 雪

寒潮如约而至
飞雪却不愿迎娶
尴尬的日子
梦想着雪花儿为大地披上婚纱
便成了一种期盼

这个冬天
对一片雪花儿的渴望
似那猎猎的寒风
当梦想被风扬至肆意
意志已坚硬如冰
心灵开始期遇一场大雪

2017 年 11 月 19 日

大　雪

寒流袭来
氤氲冬的门楣
风助纣为虐
人间难挨

还好
我仍储存着你们的爱
风起的日子
收到雪花捎来的问候
因为你们
我重新
爱上了这个世界

我把灵魂
融汇入九天的第一股寒流
让痛苦
雪落无声
我把快乐
托付给入冬的第一片雪花儿
让希望
随花盛开

大雪纷飞的夜晚
我抖落肩头厚厚的雪

星星的歌

在胸中点燃篝火
让它温暖我的双眸
强忍住眼泪
听
风的歌唱——

2017 年 12 月 7 日

冬 至

天幕暗到彻底
清晰了星之光芒
冷夜的摧残发挥到极致
阳光终于开始生长

地层下
总是涌动着希望
就像那悄悄靠近的太阳
把温暖一寸寸拉长

挨过最长的冷夜
当太阳再次升起
不知该如何感慨
这乾坤朗朗

所有冬眠都在隐忍
冰雪之下
伤痕中积蓄力量

所有生命都在等待
迎着飞雪
蝶变中振翅飞翔

2015 年 12 月 21 日

小 寒

小寒
在往殇里涅槃
微漾着生命小小的梦想

这梦想
让灵魂向阳伸展
在苦寒中闪烁光芒

我与小寒有个约定
不管风有多大
都要迎风歌唱

我要歌唱冰封的大地
冰雪之下的酝酿
总是凝聚无穷的力量

我要歌唱冬眠的生命
黑暗中的隐忍
总是升腾无限希望

让歌声与寒流相拥而舞
掠过屋檐下长长的冰凌
把冬天变得更坚强

在这最冷的日子
用歌声把心房点亮
让风把生命的赞歌传扬

2017 年 12 月 24 日

大　寒

再冷的冬天
也会过去
当北风已呈强弩之末
春雷必将滚滚而来

凄苦而清冷的日子
季节有着清晰而坚定的判断
寒风正做最后的谢幕
新的轮回即将上演

雪花还在考验着
生命最后的信念
此刻　隐忍是最好的选择
因为　时间定把乾坤扭转

南方的燕子已经启程
一路向北　唤醒着湖海山川
南方的花儿正次第开放
大地开始坚强地复盘

2017 年 12 月 30 日

第二辑

大河长歌

再唱春天的故事

一

那个春天
一个小渔村吸引了世人的目光
这个焦点聚合了整个中国的激情和能量

而今　小渔村早已改变了模样
她与"东方之珠"交相辉映
成了中国连通世界的自由港

有一首歌
在这个春天谱就
唱出了富强　唱出了梦想
富强在百姓的眸子里闪亮
梦想在今天的生活中飞扬

有一个故事
在这个春天酝酿
万物拔节　百花齐放
改革是故事的主角
开放是春天的阳光

那首歌
唱了几代人

唱响了中国梦　坚定了复兴路
五千年文明又一次焕发荣光
龙的传人谱下新的华章

那个故事
讲了一百年
乘风破浪　实干兴邦
创业途中　我们愈挫愈勇
崛起路上　我们豪情万丈

二

那个秋天
一条线出现在世界的版图上
这条线曾连通了中国的盛世汉唐

而今　这条线协奏起人类命运共同体的大合唱
绘就了中国新时代腾飞的延长线
向世界传递着源源不断的智慧和能量

这首歌
我们从春天唱起
一直唱到了金秋
唱得满园果香
唱得龙腾东方

这个故事
今天又开启了新画卷

新时代的巨轮已经启航
坚定一个方向
驶向世界瞩目的中央

这首歌
唱响了神州大地
从大江两岸　到长城内外
华夏儿女斗志昂扬
涌动的大潮把梦想激荡

这个故事
全世界都在倾听
从九州方圆　到"一带一路"
中国力量惠济八方
中国智慧万丈光芒

2018 年 11 月 27 日

大河长歌

一

君知否　清朗透明
原是风的本色
但在世纪前的中国
它却黯淡了神韵

从鸦片战争的苦难
到丧权辱国的甲午海战
从辛亥革命的觉醒
到抗日救亡的硝烟

灰色的阴云把神州大地
笼罩了整整一百年
国破山河碎
天下苍生尽涂炭

一艘红船从彼时的烟雨中启航
山重水复　花明柳暗
历经前赴后继的探索和牺牲
华夏文明终得劫后重生　薪火相传

二

一九四九年的秋天
当新中国的第一缕阳光
再次渲染了紫禁城的肃穆巍然
已是正道沧桑　换了人间

"一穷二白"的创业路上
自力更生是我们的精神遗产
多灾的土地在血泪中开花
多难的民族在自强中伟岸

筚路蓝缕的征途上
我们有万里长征铸就的坚定信念
这暴风雨压不垮的民族
终于用抗争换回生命的尊严

保家卫国的豪气
让豺狼闻风丧胆
"两弹一星"腾空而起
把来犯必诛的利剑高悬

抖落历史的风尘
我们在风雨中站起来
用苦难丰盈了
一个民族生生不息的精神家园

三

一九七九年的春天
伟大的远征跨入新阶段
春天的故事协奏起
民族合唱的大联欢

深圳速度点燃了激情岁月
让梦想变得璀璨
十三亿人的凝心聚力
在改革中上演了世纪大追赶

现实版的嫦娥奔月
让古老的神话活灵活现
五千年历史滋润的文明之花
在开放中争奇斗艳

这苏醒的东方雄狮啊
再次赢得全世界的惊叹
四十年的车轮飞驰
不断刷新着世人的点赞

春雨滋润华夏故园
我们在不断探索中富起来
用勤劳和智慧挽回了
一个东方古国遗失的容颜

四

我们都是追梦人
不忘初心　砥砺前行的征程上
消除贫困　不再是遥远的期盼
美丽乡村将点缀碧水蓝天

筑梦新时代
我们把自信挥洒在天地间
用勤劳绘就　富强中国新画面
用智慧开启　民族复兴新航线

"一带一路"　连起了
不同肤色和种族的共同心愿
为构建人类命运共同体的美好愿景
我们贡献中国智慧和方案

中国天眼
让梦想飞得更高　看得更远
北斗导航
九天揽月　拉弓满弦

我们骄傲
正用中国实践为世界提供经验
我们自信
中国模式已是朝霞满天

大河长歌　激荡千年
古老的文明在新时代争艳
历史车轮　滚滚向前
青春中国再跨征鞍

华夏五千年文明的火种
已成燎原之势　代代相传
民族复兴的伟大中国梦
必将熠熠生辉　百年梦圆

2019 年 5 月 16 日

（本诗为庆祝中华人民共和国成立 70
周年而创作）

春天的祈祷

这个春天
我假设了太多的美好
却唯独没想到
是这样的一个开篇

突如其来的变化
撩拨着敏感的神经
让人再次感受了
生命的无助和脆弱

原以为
死亡是那样的遥远
似乎和自己
并没有丝毫关联

可现在
死亡却近在咫尺
又似乎和每一个人
息息相关

恐慌　焦虑
却又无能为力
此刻　无奈地等待
应该是最好的选择

这个春天
我在等待中祈祷
祈福人们早日结束煎熬

也许　这才是
生活真正的剧本
总在意料之外

这个春天
将注定留在我们生命的记忆里
愿所有的故事　都能在这个春天
和谐生发
我祈祷

2020 年 1 月 29 日

生命是一首歌

当黑夜敲响告别的钟
是你 为我点亮生命的灯
重新感受自由的风
让我泪目 让我感动

初春的风 还透着凄凉
生命里 有你相伴的身影
这世间的大爱 我懂
似那地上的海 天上的星

虽然只能看见你的双眼
却可以感受到
一朵花儿正与一颗心灵
美美与共

今天很冷 我会在坚强中等待
我要静等百花繁盛
等到春天的问候变得响亮
等到看清你天使般的笑容

明天很好 我会在期盼中等待
我要静等万紫千红
等到你的秀发再次飘逸

等到与你在春风里喜泣相拥

因为这次特殊的相逢
我已忘记生命中所有的痛
因为　苦涩的过往
都变成了幸福的曾经

无论时光如何转动
都有我赞美生命的歌声
感恩有你　生命同行
感恩春天　大爱永恒

2020 年 2 月 16 日

别问我是谁

别问我是谁
我是浩瀚星空里普通的一颗
为了璀璨的银河
我有一个庄重的承诺

虽然只有万万分之一的能量
我也要永远闪烁
就算划作流星
也要用光明唱歌

别问我是谁
我是大河里的浪花一朵
为了江河永不干涸
我愿与她永不分割

千千万万的我
汇成了中国新时代的传说
浪花奔流都是爱啊
无须谁来证明我

别问我是谁
我是芸芸众生里平凡的一个
为了万家灯火
我的苦从不说

江河知道我
艰难险阻算什么
只要家家平安又快乐
再大的付出也值得

日月知道我
小小角色也执着
为了春回大雁归
也唤东风徐徐和

不需要你记得我
爱系苍生万民乐
舍小家　为大家
只为点亮这人间烟火

2020 年 2 月 21 日

走进十里春风

被阳光封存的日子
我的感慨与日俱增
当春风吹进窗棂
邀我与她同行
胸中早已无法按捺
繁花似锦的心情

我要走进这十里春风
与新生的春天含泪相拥
向她倾诉久违的心声
表达我的感动
用心感受
让人泪目的劫后重生

我要走出家门
去感恩陪我一起煎熬的笑容
曾经的伤痕和恐慌
无法遮掩人性的光芒
最真的感动
就在人间烟火中

我要走出村庄
重新汇入城市的蒸腾
那灿若星河的万家灯火

还有一盏灯　为我日夜静等
为了那抹温暖
我不再抱怨　将继续追梦

我要走出城市
走向山花烂漫的原野和山岭
我会问候每一朵小花儿
不去惊扰每一只鸟儿
我将尊重每一个平凡的生命
生而平等　和谐共生

我要走出去
走出这片土地的沉痛
走遍世界各地
迎着蓝色的　灰色的眼睛
用五千年文明的火种
传递患难兄弟的真情

我要走出去
超越古丝绸之路的梦
从春天一直走到秋天
用灾难雕刻生命之隽永
义无反顾　用爱担当
把人类命运共同体的理念传承

2020 年 3 月 26 日

岁月长歌

——写给开封大学四十岁生日

一座古城与一所大学

一条大河千年流淌
她用浊浪黄沙
曾把这座城市一千次埋葬
但根植于城市废墟上的黄花
却在历史的沧桑之上
一千零一次地绽放

八朝古都
在不断的水淹沙埋中
用"城摞城"
屹立成人类生生不息的雕像
千年铁塔
历尽战火摧残
用不屈的精神
挺直了这座城市的脊梁

一座古城
与一条大河的血脉相连　生死相依
谱写了人类文明璀璨壮美的命运交响曲
一所大学
与一座古城的相映生辉

焕发出这座城重新崛起的文化力量

这所大学
继承了古城涅槃重生的密码
让"永不言弃"的精神再放光芒
这所大学
借改革开放的第一缕春风
用创新的雷霆激荡了几代人的梦想

千年一梦
大河东去的渡口
远航的云帆再次高高挂上
青春开大
站在新时代的起点
把催征的战鼓再次擂响

我骄傲　我坚守在平凡的讲台

四十年前的今天
迎着改革开放的第一缕阳光
年轻的我与这所新生的大学
有幸在春天里互诉衷肠

这里　是我青春奋斗的起点
这里　演绎了我年轻的激昂
这里　见证了我生命的初心
这里　是我梦中的诗和远方

栉风沐雨
我的泪　和着汗水在天地间闪光
筚路蓝缕
我的苦乐　在奋斗中百转柔肠

荣辱与共的信念和执着
践行了明德、励学的思想
这种思想
为开大插上飞翔的翅膀

攻坚克难中的坚忍和无私奉献
闪耀着笃行、创新的光芒
这份光芒
在岁月的峥嵘中长乐未央

《开大办学启示录》
在开拓进取中精彩亮相
《特色是这样创造出来的》
在披荆斩棘中找准方向

给岁月一份回忆
给回忆一份感动
给感动一份骄傲
给骄傲一份无上的荣耀

创业的青春
是对生命最高的褒奖

开拓的艰辛
已汇入讴歌时代的大合唱

给事业一份信仰
给信仰一份坚守
给坚守一份力量
给力量一份璀璨的曙光

今日开大的绽放
是为创业者颁发的勋章
开大今日的战队
征鞍再跨的号角已经吹响

感恩 在远行的路上

那年 我走进菁菁校园
在温暖的记忆里
还是懵懂少年
走出象牙塔
便是一路的风雨相伴
但无论走多远
都有您默默的挂牵

您关注的目光
是我永远的留恋
更是我风雨中最珍惜的温暖
离别已经太多年

再听您谆谆的教导
还像昨天
温润身心　真情相连
让我有力量走得更远

岁月漂白了您的鬓发
依然慈祥的　还是那深邃的双眼
您开心的微笑告诉我
一朝师生情　一世真情缘
这种情缘
连着我的少年、青年和明天

这里　是我梦想启航的地方
曾经的每一段时光
都已化作滋养的琼浆
我传承母校的精神去远航
只有歌唱　没有彷徨
我用坚忍　去迎接紫电清霜
我用信念　把梦想点亮

母校的基因
已融入我的生命
师长的教诲
把我塑成阳光的模样
我的信仰　在愈挫愈勇中坚强
生命之花　在痛苦的蝶变中绽放

不忘初心　砥砺前行

时间再长
也不能把初心遗忘
因为　它给你指明了远行的方向
我看到了你拼搏中最美的模样
我见证了你心坚石穿的力量

我已把汗水融入旅途的秀美风景
化作向往蓝天的万里翱翔
黄河艄公的号子
正和着九曲回肠的惊涛骇浪
响彻远方

四十年壮阔的改革大合唱
似动地而来的狂飙　正在交响
新时代的大潮
如撼天而起的惊雷
将再次磅礴浩荡

古老的大河　依旧激荡着心房
开大新的精神图腾正在酝酿
宏伟的蓝图　燃起新的希望
千年古城厚重的文化积淀
给了我们不竭的力量

面对新时代的新机遇

让我们擎起百折不挠的信念大旗
面对二次创业的新契机
让我们向着远方
再次起航

2020 年 9 月 23 日

（"开大"指开封大学。《开大办学启示录》
《特色是这样创造出来的》是《中国教育报》发
表的关于开封大学经验介绍的通讯）

光明颂

中国历史长河中
有一道光
在上海望志路点亮
她以红色的利刃劈开南湖的波浪
黑暗中引领着华夏儿女
寻求国运的光明航向

从此　神州大地风起雷动
一代代追梦人　前赴后继　风云跌宕
用血肉之躯谱写了当代中国
从站起来　富起来　到强起来的不朽诗章
她改变了中国　影响了世界
而今　在奔向第二个一百年的征途中
再次协奏起　十四亿人新时代的大合唱

一

这道光
在旧中国的至暗时刻点亮
它穿越百年时空
在世纪风雨中孕育着红色梦想

这道光
辉映着南湖的水影波光
点亮了一颗又一颗星辰
让星星之火　燎原万丈

这道光
融入了追求光明的惊涛骇浪
伴随着南昌城密集的枪声
击穿了旧世界黑暗的屏障

这道光
在八角楼彻夜不息的灯火里思想
用喷溅的热血浸透了
红旗漫卷的八百里井冈

一群追寻光明的人啊
筚路蓝缕　路向何方
举着这道光引燃的火把
踏着星辉　从遵义一路北上

七根火柴微弱的光亮
引领这支队伍走出迷茫
数十万不屈的脊梁
将光明的火种接力远方

这是一部追求光明的英雄史诗
两万五千里河山　以泪抚殇
当春风再次吹过血染的征途
每一朵花儿　都在仰天歌唱

带血的秦腔唱着大风歌
把血肉筑在新的长城之上
雪洗百年屈辱啊

挽国家于苦难　救民族于危亡

西风里泪流满面的唢呐
用嘶哑把大决战的号角吹响
华夏五千年文明终于劫后重生
薪火相传　燃起新的希望

当跪着的河山被一段段扶起
重新串起了秦汉的竹简和风尚
历史用大写意的手法
渲染了一个民族的精神殿堂

红星照耀中国
古老的民族在疼痛中坚强
钢与铁　铸就她不屈的血性
光与火　照亮她百年的向往

镰刀与锤头锻造的精神图腾
凝聚了千军万马的力量
古老中国厚重的积淀　再次激扬
雄起了九百六十万的山河浩荡

二

迎着东方红
雪山草地上的篝火迎接曙光
被这道光引领
华夏儿女阅尽人间苍茫

这道光
在中南海的书房里酝酿
长缨在手　看今朝
宏伟蓝图已了然胸膛

一群白鸽从上甘岭飞过
战地黄花依旧芬芳
鲜活的生命
已在蘑菇云的强光中自立自强

这道光
把春天的故事广为传扬
每一棵小草　每一朵小花
都在和煦的阳光里疯长

回家的路上
《七子之歌》已不再忧伤
五环圣火传遍长城内外
天佑中华　吉祥安康

蛟龙下海　北斗揽月
壮我军威　铁壁铜墙
"一带一路"
重新连起曾经的盛世汉唐

新时代的青春之歌
谱写着不忘初心的力量
汇集人间大爱的担当

托起了千年脱贫的梦想

中国智慧
在构建人类命运共同体的方案里　自信闪亮
中国道路
在抗疫的实践中无限风光

风云世纪
在中国上下五千年的历史长河中
只是弹指一挥间
却已人间正道　世事沧桑

世纪风云
在百年沉疴的漫漫求索路上
我们已经期盼得太久
长过大河的九曲衷肠

一部宣言　穿越世纪
见证了一个民族的苦难辉煌
一个主义　风华正茂
绘出了青春中国最美的模样

一条道路　百花齐放
一面旗帜　映红东方
兑现世纪承诺
奔向第二个百年的号角已经吹响

从望志路到天安门城楼

这道光　挥写了波澜壮阔的诗行
从天安门城楼遥望星辰大海
这道光　指引了新的方向

世纪宣言　大河长歌
唱出了中华民族伟大复兴的壮美篇章
日出东方　大道其光
让我们向着太阳　再次起航

2021 年 3 月 16 日

（本诗为庆祝中国共产党成立 100 周
年而创作，与周英合作）

这个夏天　这座城

大洪水刚刚退去
惊魂未定的城市
尚在劫难中疗伤
疫情却再次反扑

惊愕　焦虑
塑成了这个夏天难忘的模样
我仿佛又听到了洪水在咆哮
还有风的癫狂
但　我看到
那是普通人筑起的精神堤坝
拦截了它的嚣张

激流中救人的大哥
让生命的孤岛不再绝望
陌生人风雨中的守望相助
在城市的冷夜里　奏响了
温暖生命的大合唱

让我们把臂膀紧紧挽住
一个都不能少
我看到
照亮那个暴风雨之夜的
正是人性的光芒

当病毒乘虚而入
祸不单行的城市
只能再次选择坚强
大灾难面前
没有人可以置之度外

你　重新披上天使的战袍
我　再次奔向志愿者的哨岗
他　又一次逆行中激情飞扬
让我们再一次　同舟共济
只为　生命至上

这个夏天　这座城
在疼痛中抚殇
在劫难里歌唱
这个夏天　这座城
处处都是感动
满满全是坚强

今天　这座城
生活已重新载入新梦
明天　必将迎来新的太阳
祈福这座城
还有城里的人们
吉祥安康

2021 年 8 月 8 日

心路花开

狂风吹落的忧伤
已融入脚下这块古老的土地
它将幻化成
这座城市明天的坚强

暴雨漂洗的苦痛
已随洪水流向广袤的远方
它将在大海上
迎接一个全新的太阳

当疫情再次反扑
我已不再哭泣
承受上苍的眷顾
总让我聚集无穷的力量

炎黄征伐的地方
打开河图洛书
沿着华夏的脉络
我看到先民的愈挫愈扬

青铜大鼎的文明
映出儒释道之光
穿越五千年烟云
我听到历史铿锵的回响

中原万古的雄风
塑我嵩山脊梁
生生不息的歌唱
在大河奔流中承源流芳

2021 年 8 月 11 日

焦桐的情怀

我是一棵树
长在黄河古道边
我在大河最后的转弯处
守望着这里的烟火人间

穿越世纪的风雨
我在朝霜暮雪中期盼
那棵棵幼苗
已成栋梁　迎风招展

风吹麦浪时
我的故事还在流传
当沙丘已成碧海
我将为这块土地代言

习习春风来　泡桐花儿开
大地已被七彩涂染
我在时空的穿越里
把感慨融入蓝天白云间

我在夏天的大雨里
追忆激情岁月的苦辣酸甜
我在秋天的无边落叶中
捡拾起片片挂念

当冬天的雪花飘起
我就在迎风歌唱中呼唤
在风中站立成一种信仰
让信仰的光芒无比璀璨

给信仰一种坚定
给坚定一股昂扬
给昂扬一份奉献
用奉献凝聚力量

当这种力量插上精神的翅膀
琴声悠扬传四方
农家小院的欢乐
已融入新时代的梦想

我矗立在这块土地上
凝天地灵气　用初心仰望
我深爱这土地　在这儿
留下焦桐花开的芬芳

2023 年 8 月 1 日

冰血长津湖

风雪里集结
零下四十度的暗夜
不仅试探着生命极限
更考验着钢铁信仰

前面是武装到牙齿的敌人
背后是我的姐妹和爹娘
面对实力悬殊的较量
看我中华儿郎　血脉偾张

炮弹裹着风的呼啸
还在历史的天空回响
一个个倒下的生命
用血肉铺就进攻的方向

我用冲锋
亮剑铁血战场
喷溅的热血
染红了明天的太阳

冰雕般的躯体
已化作白雪皑皑的山梁
我用磐石意志
憾动天地　换来山河浩荡

不屈的灵魂
已铸成丰碑　守望北方
长长的思念
却把故乡一遍遍地回望

2021 年 10 月 8 日

复兴颂

> 大道之行也，天下为公。
>
> ——《礼记》

一

大河说　我站在历史的源头
把时光流淌成一部延绵不绝的经卷
在古老大地上写下龙的传说
随高天上的流云奔向远方

长城说　我身披日月星辰缝制的战袍
在王朝的更迭中迎接刀光剑影
我站在时光的顶峰
呼唤历史再一次睁大眼睛

今晨　我乘北冥之鲲
俯瞰百年未有之大变局的世界
我看到　人类文明交相辉映的亚洲大陆
东来紫气　浩浩荡荡

今夜　我站在
华夏五千年文明灯塔之巅　遥望星辰大海
我望见　灿若星河的太空里
处处闪烁着东方民族智慧的光芒

今天　我用九州大地做面板　以黄河长江为琴弦
弹奏起东方文明复兴的序曲
让全世界倾听历史深处的回声
让全人类见证震古烁今的伟大复兴

二

大河说　经十二座雪峰洗礼
我的灵魂冰清玉洁
历九曲十八弯　画出一条龙脉
那是孕育你的产床

长城说　经三千年紫电清霜
我的意志坚硬如磐
惯看大漠孤烟　烽火连天
只为护佑你的摇篮

你擎起五千年文明的火种
从盘古开天的神话中走来
承炎黄血脉　秉五岳脊梁
溯河图洛书　开华夏之源

当甲骨文融入《周易》的博大精深
青铜大鼎便鼎立起人类文明的高峰
当《诗经》的国风吹绿了淇河两岸
孔子已在问道中把两大哲思融通

轩辕的遗歌还在历史的风中传唱
三千座春天的城池已在《史记》里绽放
金黄的稻穗仍在当下飘香
丝路驼铃的梦已在《资治通鉴》里传扬

秦皇汉武在文治武功中挥斥方遒
大河汤汤　激扬起百家争鸣的大合唱
唐宗宋祖在万邦来朝中指点江山
九州皇皇　开启长乐未央的礼仪之邦

一首汉赋畅抒家国情怀
一阕唐诗写尽盛世气象
一墨丹青绘就千里江山
一曲宋词唱穷万古风尚

当敦煌飞天的飘飘衣袂辉映了神州号的弧线
汉唐的盛景再次呈祥
当四大发明的智慧之光把云计算的未来点亮
一个伟大的梦想已凝聚起十四亿人的力量

这是一片浴火重生的圣土
这是一群龙的传人
今天　我们一起站在五千年沧桑历史的彼岸
准备迎接二十一世纪最耀眼的光芒

三

大河说　我已把黄色融入你的基因

永不褪色是龙的图腾
长城说　我已把坚忍融入你的灵魂
生生不息是龙的精神

大河说　亚洲原野的长风见证沧桑
我用巴颜喀拉的圣水洗礼你的劫后重生
长城说　多灾的土地在血泪中开花
多难的民族在自强中伟岸

当鸦片燃起苦难的开端
屈辱便提前锁定了甲午海战
当圆明园的大火把尊严烧成灰烬
天朝国运　便惶惶然坠落云端

金瓯残缺的华夏　百年沉疴
倭寇横行的神州　生灵涂炭
当辛亥的硝烟还弥漫着觉醒的呐喊
一部红色宣言便悄然把历史改变

当镰刀和锤头锻造的图腾
在七月高高举起一面鲜红的旗帜
从此　古老的大地风云际会
民族复兴的历史终开新篇

长城烽火越往千年
大河涛声雷霆震撼
当驱除鞑虏变成现实

恢复中华便走向历史转折点

面对民族命运的大决战
一位伟人在深夜的灯下孤单
当第一面五星红旗迎着东方红升起
九万里江山尽换新颜

我在纪念碑的浮雕里抚今追昔
你在上甘岭的硝烟中浴火永生
我在红旗渠的崖壁上刻下国家记忆
你在老山的苍松翠柏里青春长眠

北国风光　还在万里雪飘
激情燃烧的岁月　已编织工业化的摇篮
南风吹来暖神州
一位老人把故事留在春天

西域的大漠还回响着战马的嘶鸣
"两弹一星"已在苦难中护佑河山
东临碣石　涛声澹澹
终于把握了命运的航线

当自己可以当家做主时
一切美好都在向阳伸展
当我们开始平视这个世界
沧桑的大地再次绿意盎然

四

大河说　白日依山尽的渡口
是谁又把艄公的号子吹响
长城说　我见证了你的苦难辉煌
你将引领世界大同的航向

大河说　新时代的黄河大合唱
如撼天而起的惊雷　再次激荡
长城说　我不会把尘封的沧桑遗忘
中华复兴　将豹变为人类文明的新篇章

当奥运连起了国运
赛场上激发青春飞扬
拼搏是最美的中国意象
少年中国　在自信中走向舞台中央

你驾天宫巡天问月
我驭蛟龙下五洋捉鳖
你乘高铁感受中国速度
我的未来正用北斗导航

你在三峡大坝的云蒸霞蔚里感慨
我在南水北调的浪花里歌唱
你在青藏铁路沿线的风景里陶醉
我在港珠澳大桥领略天阔水长

当美丽乡村点缀生态文明的天空

美美与共已融入山河朗朗
当病毒止步于生命至上
初心正谱写新时代的担当

当世界进入巨变的前夜
人类面临新的彷徨
复兴的民族　正以古老文化的基因
为全球燃起新的希望

中国正告诉世界
一面旗帜　如何引领一个民族登场
世界正聚焦东方
一条道路　如何在智慧中坚定方向

"一带一路"　用合作共赢
书写人类命运共同体的壮美诗行
中华复兴　以和平发展
勾勒天下为公的瑰丽梦想

以今天告慰昨天
统领所有赞美的语言歌唱
让明天感谢今天
历史正彰显天道的力量

大河说　争渡的云帆已高高挂上
长城说　催征的战鼓震撼心房
在全球大棋局中

文明的力量将迸发新的荣光

五千年文明的火种生生不息
重新召唤人类美好的向往
伟大复兴的中国梦已经启航
大河东去　乾坤浩荡

2022 年 5 月 15 日

（本诗与陈锐军合作）

中原颂

一部河南史，半部中国史。

一

九曲黄河最后一道弯
从这里转向
一路向东　浩浩荡荡
穿越万年涛声
汇入蔚蓝色的海洋

迎着亚细亚每一个日出
在炎黄繁衍生息的地方
孕育人类最早的文明
塑造了中国最初的模样

从三皇五帝到如今
华夏文明生生不息　承源流芳
从煌煌中州到泱泱华夏
龙的精神历久弥新 万代传扬

把大河
喻为中华民族最绵长的一条龙脉
中原大地

就是这条巨龙的产床

当夏商王朝在这里开启中国历史的年表
甲骨文已把东方文明点亮
当天地之中成了天下共识
儒释道已在中岳嵩山融为一堂

丝绸之路始发东都千年后
大唐盛世在龙门呈万千气象
牡丹花开动京城
十三朝王都威加四方

当大宋千里江山连起清明上河
万国来朝催生东方帝都汴梁
城摞城的悲壮
屹立成人类百折不挠的雕像

二

我是河南人　也是龙的传人
今天　沿着大河脉动
我震撼地感受着
万壑归流的洪荒力量

我心怀敬畏地探寻
这块土地的前世今生

我心存感恩　顶礼膜拜
吮吸先民酿造的文化琼浆

我在历史遗迹里寻找
被一支悠扬的骨笛牵引
走过裴李岗、仰韶、二里头和殷墟
我清晰地看到
最早中国的源头和越发闪亮的文明之光

我在元典思想渊薮里寻找
与老子、孔子、庄子穿越时光相约
感慨达摩面壁求真的信仰
把二程理学的高峰仰望
我清晰地听到
人类命运共同体与天下为公思想的对唱

我在文化瀚海里寻找
在《易经》里感悟　在《诗经》里徜徉
与杜甫、白居易、韩愈、李商隐在文字里长谈
结伴孤影西行的玄奘
我清晰地理解
中原文化的乳汁是如何把华夏滋养

我在人类进步阶梯里寻找
从甘德、石申到张衡
从《黄帝内经》到《伤寒杂病论》

还有四大发明　数不尽的智慧光芒
我清晰地发现
最早先进技术怎样从这里走向八方

三

寻先民足迹
行走河洛山川
我在这里找到
华夏儿女的根和魂
我在这里触摸
中国文化自信的脊梁

我在天下苍生里找到
老家河南　是多少人
魂牵梦绕的心灵故乡
一声河洛郎　已是热泪盈眶
天下姓氏出中原
开枝散叶　根深苗壮
民族精神的黄钟大吕在这里奏响

我在中国精神谱系里找到
灿烂文明的血脉
亘古及今　源远流长
大别山上
翠竹依旧郁郁葱葱

红旗渠里

河水清清　日夜欢唱

习习春风来　泡桐花儿开

南水泽润北国

彰显着中原儿女的牺牲和担当

我在新时代黄河号子里找到

厚重历史文化正积蓄复兴的力量

小浪底扼守大河百年安澜

滔滔洪水化作碧波荡漾

最早的农耕文明在这里发祥

而今　这里依旧是天下粮仓

九州腹地承东启西　连南贯北

得中原者得天下

一个"中"字走遍四方

行走河南　你就读懂了中国

今天的中原儿女

正以饱满激情擘画中原崛起的梦想

今天的中原大地

正以厚重文化讲述新时代的黄河故事

汇涓滴而成千顷澄碧

协奏起民族复兴的大合唱

海天一色的入海口　吹来中原的风

大河怀着无限辽阔　静静流淌

她带着炎黄的圣谕

穿越远古历史烟云

闪烁着五千年文明的波光

从容汇入蔚蓝色的海洋

2022 年 10 月 21 日

（本诗与时风合作）

春韵里的中国

当沉睡的冰河传来炸裂的声响
蛰伏的土地
开始慢慢苏醒
迎春花吐出的第一缕花香
芬芳了长城内外
大地蓄势而动

站在大河岸边
张开双臂　深呼吸
把破壳而出的春天喜迎
微风的田野里
庄稼的拔节声　和着鸟鸣
正酝酿丰收的喜庆

蒙蒙春雨
滋润新绿的北国和江南
美丽乡村　柳绿花红
萌动山河的协奏中
春天的故事
正演绎得精彩纷呈

乘浩荡东风
在古老大地上信马由缰
阅尽人间春景

"一带一路"次第花开
鲜艳着百年大变局的天空
历史正彰显天道之丰盈

灿烂阳光涂彩华夏故园
悠久文明被春风揽入画屏
三山五岳　水墨丹青
千里江山　紫气东来
轻轻吹拂现代版的上河清明
春韵中国　一碧万顷

从盘古开天到河图洛书
从诸子百家到四大发明
五千年春潮　豪迈奔涌
从秦皇汉武到唐宗宋祖
从沧海横流到江山如此多娇
九万里神州　大道其行

而今　春韵里的中国
宛若一幅恢宏的画卷
是现代与古老文明的交相辉映
春韵里的中国
已被装点得波澜壮阔
天朗气清

2024 年 1 月 3 日

夏韵里的中国

这个夏天
我为夏韵里的中国画了一幅画

以巴颜喀拉的雪山圣水研墨
用彩云之南的飞霞涂红
以九州大地为宣纸
用大写意的墨彩恣意纵情

我取青海湖的纯净
先为你画了一双明亮的眼睛
再以东方视角
静观大变局的黎明

我取五岳雄奇
画出你骨子里的坚硬
会当凌绝顶
一览五千年的风雨彩虹

金黄的颜色
重新渲染和亮丽你的生命
稻菽麦香千重浪
七月的镰刀唱大风

我取黄河长江奔流的气势

画出你强劲的脉动
"一带一路"
从汉唐划入现实的天空

我取长城做背景
烘托你沧桑与活力的交融
繁忙的复兴号穿梭于金色大地
美丽乡村宛若绿洲点睛

夏日的骤雨
似你骨子里的澎湃激情
夏日的火热
辉映着你人间的烟火升腾

清晨的长白山林海
回响着松涛声声
渔舟唱晚的水乡
朦胧着江南安详的梦

夏韵里的中国
莲荷已融入唐诗的古风
宋词里的蝉鸣
已飞入故乡的院庭

在这幅长卷前　我看到
年轻的母亲汗滴禾下土的情景
以及先辈们

把沉默塑成雕像的背影

这个夏天
我为夏韵里的中国画了一幅画
这幅画卷里
夏花绚烂　祥瑞东升

2024 年 5 月 31 日

秋韵里的中国

当鸿雁送来天高云淡的消息
当大地传来丰收的歌唱
今天　我站在中岳之巅
品读秋韵里的中国

秋韵里的中国是古典的
空山新雨后的沁人心脾
伴着千年古刹的钟声悠扬
莽原古道的西风
已融入不尽长江滚滚来的交响

秋韵里的中国是忙碌的
黄河的谷场　江岸的稻花香
连着南海繁忙的渔场
穿梭不息的复兴号
串联起遍地的高速公路网
奔赴在通向未来的路上

秋韵里的中国是多彩的
大地披上金色的礼装
喜迎漫江碧透的清凉
漫山红遍的喜庆　盈满人间
赤橙黄绿青蓝紫
最是秋韵里的那份明朗

秋韵里的中国是安详的
江南的小桥　塞北的胡杨
还有那一顶顶洁白的毡房
东海的明月　西域的果香
还有那葡萄架下的喜悦
孩子的梦乡

秋韵里的中国是响亮的
从边陲的哨所　到遥远的海疆
都能听到中国声音的洪亮
从天安门广场　到激烈的赛场
欢呼的人群　排山倒海
似那沸腾的海洋

秋天的画卷正在徐徐打开
从家乡门前的小路一直展向远方
连着江南桑田　接着长白山梁
我在秋韵里看到
农人躬身大地收割的模样
后来人眸子里创新的光芒

品读秋韵里的中国
你会品出山河雄壮
读懂历史沧桑

品读秋韵里的中国
你能在响亮里品出青春飞扬
在安详里读懂国富民强

今天
我在秋韵里把中国品读
今天
我在品读中把中国畅想

2023 年 10 月 8 日

冬韵里的中国

这个冬天
我为冬韵里的中国写了一首诗
在无边落木的深秋酝酿
于千树万树梨花开的日子成章

当西岭千秋雪的格律
融入雪花大如席的北方
涌动的春潮　正以新鲜的韵脚
书写万紫千红的南疆

我仿佛看到
一片秦朝的雪花
飞过盛世大唐
在大宋的汴河上翩翩起舞
轻盈着千年风尚

这片雪花
穿越北方的城市和村庄
飞入汹涌的之江
融入江南的郁郁苍苍

我仿佛看见
一只《诗经》里的紫燕
正掠过紫禁城冰凌的楣梁

穿越《史记》的时空
在重焕生机的古典里飞翔

这只紫燕
飞越日夜奔腾的珠江
把春暖花开的消息
提前传遍千里冰封的苍茫

我仿佛听到
铁马冰河的阵仗里　回响起
保卫万里空疆的飒爽
南海的浪花
在和煦的椰风里绽放

冬韵里的中国是一幅画卷
是唐诗宋词绘就的水墨丹青
画卷里有卷起千堆雪的雄壮
有江枫渔火的安详

江南　是这幅画卷的插图
似那豆蔻年华　韵味悠扬
北方　为这幅画卷慷慨留白
透出中国人特有的智慧和粗犷

冬韵里的中国是一部厚重的历史
透着五千年的烟火飘香
烟火里有大江东去的豪迈

有冰雪里的激情飞扬

这个冬天
我为冬韵里的中国写了一首诗
字里行间都是生长的希望
处处充满着复兴的力量

2023 年 11 月 12 日

第三辑

岁月长吟

岁月如歌

——电视剧《人世间》观感

循环往复啊

那日落日升

从未错过每一个黎明

永不停歇啊

那四季的风

从未吹走年轻的梦

人间烟火啊

那岁月青葱

纯朴滋养平凡生命

向阳生长

热泪盈眶的感动

用爱温暖至亲的人啊

人世间有我的担承

悲欢离合汇成一支歌

唱给春夏秋冬

苦乐成章谱成一首曲

弹给岁月慢慢听

唤我一路寻来的
那份真情
任雨打风吹　不变少年样
喜怒哀乐　已飘散随风

2022 年 12 月 24 日

《飞驰人生 2》观感

放弃
是最苦的惩罚
坚持
是更大的重压

迂迂回回的赛道上
希望伴着泪花
以不弃滋养初心
飞驰人生冬夏

当太阳再次升起
依然微笑着面对朝霞
对它说
我不怕

久久为功
把生命当筹码
以荣誉为墨
记录岁月信笺

我情愿
所有追问都没有回答
当春风吹来
种子就会发芽

我期待

所有执着都不负韶华

当激情冲破雾霾

所有梦想都能到达

2024 年 2 月 14 日

独舞者

听到音乐响起
我即翩翩起舞
不管舞台有多大
都会飞旋起五彩的流苏

即使没有掌声
我也不愿停下脚步
把生命融入舞蹈
让舞蹈演绎生命之感悟

就算没有观众
眼泪也不会湿润我的双目
干脆就舞出自己的个性吧
哪怕把生命当成赌注

夜深人静时
把受伤的心灵悄悄缝补
雄鸡报晓时
重新收拾心情　摸黑赶路

也许　只能是个小角色
但心里却装着梦的蓝图
我相信　追梦的旅途
也是一种幸福

2017 年 2 月 22 日

龙抬头

二月二　唤龙醒
溪水旁边闻吹笙
一湖春色一湖景
万物萌动须静听

二月二　放龙灯
唤醒一河小星星
星儿闪闪向远方
要为春天送光明

二月二　龙欲行
一朝清风伴鸟鸣
紫气东来昨昔到
一夜春潮催花红

2017 年 2 月 26 日

蝶恋花·经年

莫道春光流水去，
夏去秋来，
满目黄金缕。
三九悬崖冰雪里，
梅花含笑平常忆。

偶有东风传讯起，
再问新愁，
注定还缺几？
一任流年千百绪，
万般云淡随风去。

2015 年 7 月 5 日

雾　霾

本应安静地躺在大地上
哪怕是一粒看不见的微尘
也可以增加大地的厚重

偏要浮躁在半空中
伤了别人身心
也毁了自家名声

2017 年 3 月 31 日

解　释

再多解释
都显苍白
不该为错误开脱
却把责任掩盖

何必解释
这并非失败
砥砺前行
才是生活的应该

不要解释
委屈无须涂彩
保持沉默
就是面向未来

2017 年 7 月 3 日

尊 严

努力到无能为力
结果　却是一声无奈的叹息
尊严开始被无情地践踏
恣意到歇斯底里

无论多大的耻辱
你都没资格生气
因为你的承诺
已经撒落一地

无论多大的煎熬
你都没理由逃避
因为你的明天
还需责任打底

无论多大的痛苦
你只能压在心里
因为自酿的苦酒
必须独饮独泣

只要信念还在
躯体就会永远屹立
而那煎熬　已升华成微风一缕
轻轻掠过　生命的四季

只要生命还在
就该学会独自疗伤　自我怜惜
而那痛苦
将幻化成高天上的流云
会在一场大雨中
把耻辱清洗

2017 年 7 月 30 日

秋风起处

浮躁的午后
从远方寄来的一份安慰
把发黄的记忆尽情勾勒
过滤往事　清晰岁月
陈酿的情愫　生生不灭

一场小雨过后
世界渐渐变得安静
适合发呆　然后静思于浅夜
唯有茶香　没有酒烈
品茗书香中　把时光挥写

窗外　果实未及红透
便让一枚飞旋的落叶
提前送来收获的喜悦
微风阵阵　私语切切
迫不及待地丰盈着季节

2017 年 8 月 6 日

召　唤

滚滚雷声
劈开重重乌云
向大地深情地召唤
风卷残云　雨声阵阵
那是大地策马扬鞭的回声

雨后彩虹
连起现实与梦想
向万物真诚地召唤
微风徐徐　稻花飘香
那是季节五彩纷呈的回赠

禅院钟声
传过千沟万壑
向群山空灵地召唤
百鸟朝凤　泉水淙淙
那是大山绵长悠远的回应

远方风景
绘入昨夜梦里
向心灵执着地召唤
栉风沐雨　无怨无悔
那是生命筚路蓝缕的见证

2017 年 8 月 12 日

赤　脚

田间的小路上
黄土已被炙烤成沙
下田的母子　赤着双脚
少年捡拾着母亲的脚印

田里的庄稼
是全家人所有的希望
没有鞋子　也要下田
母亲为少年踩出了前行的信心

沙土被烈日晒得滚烫
踩准脚印　才会减少沙土灼烫
跳跃前行　才可减小足底痛苦
加快脚步　才能多做农活

手舞足蹈中
平衡着前倾的身体
坚毅忍耐里
灼疼着足下的希望

被沙土烫红的双脚
梦想着简单的呵护
对一双鞋子的渴望
烈过头顶的骄阳

从初春走到深秋

母亲在前头　少年在后头

赤着双脚丈量岁月

丈量出生活艰辛　丈量出人间冷暖

从乡村走到城市

当年的少年在前头　母亲在后头

简单的奢望鲜活了生命

鲜活着梦想　鲜活着尊严

2017 年 9 月 10 日

孝　敬

为了孝敬
我把母亲从老家接到城里
出发那天
周围全是艳羡的目光

离开土地的母亲
开始了城里的生活
早上送孙子上学　晚上盼儿子回家
是她新生活的全部

时光荏苒
日子简单而平静
母亲过上了
村里人都羡慕的幸福生活

多年后的一个晚上
和母亲终于有了一次彻夜长谈
母亲说　她非常羡慕村里的老友
说到动情处　竟是泪流满面

没想到　别人眼里幸福的母亲
会有那么多的委屈
我顿时不知所措
瞬间　被自责的情绪包围

没想到　不识字的母亲
多年后　还是这座城市的陌生人
当她的孤独成了习惯
我却把这一切　当成了
应该

2017 年 9 月 15 日

雪的芳华

—有感电影《芳华》片尾曲《绒花》

世上有朵晶莹的花

随风起舞展芳华

飘飘洒洒千万朵

飞入寻常百姓家

世上有朵纯洁的花

漫天飞舞美如画

心灵剔透人间来

此生只为痴情撒

世上有朵坚强的花

只随寒波扬天下

怒放生命眨呀眨

九天酷寒成就它

啊——雪花

啊——芳华

一路潇洒走天涯

2018 年 1 月 4 日

书

陪我的时间
　　总是有限
更多时候
　　只能寂寞地待在一边

但　主人
我仍是最忠诚的朋友
只要你需要
　　我会随时出现

2018 年 1 月 27 日

太 阳

你说
自己有很多星星做朋友
但我猜
　　你并不开心

不然的话
为什么
看不到　一起做游戏
听不见　一块儿说话呢

哦　我明白了
原来
它们并不是真朋友
只是为了借光

　　　　2018 年 1 月 28 日

月 亮

大家
都叫你月亮婆婆
让我看呀
　　更像我家小姑姑

因为
婆婆　晚上从不出门
姑姑　却天天不回家

　　2018 年 1 月 28 日

星 星

真羡慕你们呀
有那么多小伙伴
　　可以一起玩儿

而我
爸爸不在家
妈妈天天忙
奶奶又生病了

我常常
只能一个人
　　独自玩儿

2018 年 1 月 28 日

雪花儿

听说
雨
是从银河里洒出来的
雪花儿
又该是从哪儿来的呢

难道
天上的银河
也有冬天

不对
应该是
天上的神仙
要结婚了吧

新娘
应该就是大地
哦 雪花儿
原来是新郎
为新娘披上的婚纱

2018 年 1 月 28 日

玫 瑰

为什么
要给自己
喜欢的人
送玫瑰花呢

大概是因为
这花儿
开在春天吧

还有
就是花枝上
有尖尖的小刺儿

如果喜欢的人
变心了
还可以用小刺儿
扎疼他的手

2018 年 1 月 29 日

云

只能看
不能摸
总是玩虚的

有本事
你落地上
让我摸摸呀

2018 年 1 月 29 日

路 灯

羽化夜的冷酷
挽留住温暖
把希望嫁接给日出

用心利他
即便一言不发
亦收获赞誉满满

做一件对的事情
哪怕耗尽一生
也值得

2018 年 3 月 10 日

我是一个健忘的人

我是一个健忘的人
只记得
那些发生在眼前的美好
当太阳再一次升起
我已忘记夜的冷

我是一个简单的人
不会用
复杂的思想应对尘世
因为　生命已被岁月过滤
我只剩下了本真

我是一个怀旧的人
难忘却
每一份关注的目光
哪怕是伤过我的人
也会记下　他曾经的好

我是一个感性的人
心动于
生活的每一个瞬间
当看到　花瓣随风飘落
也会情不自禁地送上祝福

2018 年 3 月 14 日

静夜思（一）

阶前雨潺潺
孤寂胜却五更寒
满地飘零萧瑟处
万千心事难遣

纵浪红尘中
栉风沐雨乏清欢
几多风雨独自怜
薄性命　身孑然

2024 年 8 月 10 日

静夜思（二）

草儿枯　叶儿黄
孤雁飞过茫苍苍
虫正鸣　夜未央
一灯一人费思量

半生零落随浮萍
更着风雨长
白发诉尽平生愿
落木纷纷下残阳

2024 年 8 月 13 日

什么也不说

一条河

因方向执着

所有的羁绊都快乐

什么也不说　远方知道我

天边那飘落的雨　如泪

已汇入奔向大海的赞歌

一条路

有风景为伴

途中的坎坷算什么

什么也不说　青天知道我

天边那最美的云朵

装点了生命最美的颜色

一个梦

因百折不挠

喜怒哀乐也鲜活

什么也不说　梦想知道我

岁月那几多长风

已把不屈的灵魂抚过

2018 年 3 月 30 日

救 赎

当尊严
被恣意宰割
他只能在无奈中痛苦地低下头颅

强忍着眼泪
在狰狞和嘲讽中
默默捡拾
那撒落一地的精神碎片
开始重建家园
自我救赎

2018 年 6 月 3 日

今世的模样

三生石
见证了我生命的轮回
还有蝶变之痛苦
我把痛苦的禅香焚尽
为灵魂寻找一个
可以安放的地方
然后虔诚叩拜
用岁月祭奠往殇
以不弃告慰生命

往事不堪回首
一往无前
就是最好选择
未来的某一天
我的旧精魂
将在奈河桥上祈祷
祈求来生
还塑成
我今世的模样

2018 年 6 月 22 日

天使的微笑

无影灯下
我把生命交给了你
麻醉的意识
却清晰着向上敬礼

此时此刻
再也无法依赖自己
被蒙上双眼
我在混沌中祈祷天地

生命如此脆弱
我想到了死　还有残疾
生活何等简单
除了感慨　只剩迷离

被推出手术室
我模糊的世界里
一片空白
宛若梦中雪霁

轻轻的脚步
唤醒冬日晨曦
终于睁开双眼
我看见　天使般微笑的你

2018 年 8 月 8 日

坚强和爱一起走

有人说
世界上最远的距离
不是生与死

可是　在不可预知的瞬间
当一位母亲和自己的骨肉
真的要面对阴阳两隔
却又无能为力时
那么　什么才是世界上最远的距离呢

（孩子：）
我脆弱的生命
在手术刀上顽强而凄美地舞蹈
每一次　虚弱的躯体都被摧残得奄奄一息
每一次　都与死神擦肩而过
每一次　都是对心灵残酷的大考

（母亲：）
你手术后的昏迷
煎熬了几多白天和黑夜
我一刻都不敢眨眼
因为　我真怕自己醒后
将再也无法把你寻见

（孩子：）

这是生命必须的承受

我愿意接受所有的不幸

这虽不是欢乐　也不应悲伤在每一个黎明

妈妈　我要坚持下去

为了你　也为了我还未启程的梦

（母亲：）

当所有的希望

都被无情的现实所伤

等待　就成了生命唯一的选项

我在无奈的等待中

祈祷天亮

（孩子：）

妈妈　我听到了您的呼唤声声

在我依稀的梦中

您宛若上帝派来的天使

在远处向我招手

把我从沉睡中唤醒

（母亲：）

孩子　病房中的每一刻

都可能成为我们今生　相依为命的最后一面

为了任何一个生的希望

纵使倾家荡产　也无悔无怨

如果可以交换　请把我的生命一并奉献

（孩子：）
妈妈　感谢您陪我走过那个冬季
共度生命的大寒
您用无私的爱背书生活
用不屈的信念战胜劫难
把我生的希望深植于这个春天

（母亲：）
孩子　既然命运如此安排
我们只能选择坚定
当生命必须接受挑战
我们一定要忍泪前行
并在坚强中做自己的英雄

（孩子：）
医生夸我　创造了生命的奇迹
妈妈　其实真正创造奇迹的人是您
没有您的爱和呵护
我的明天将会在哪里
为了您　我必须健康地活下去

（母亲：）
孩子，风雨过后是彩虹
你的健康和快乐
是我一生的祝福

（孩子：）
妈妈，感恩你的阳光
如果有来生
请允许我还做您的孩子

2018 年 9 月 9 日

（本诗写给接受换肾手术的 175 名孩
子和他们的母亲）

我相信

当暴戾的寒风
把痛苦凝结成坚冰
并重重坠落于磐石之上时

那碎落的一地晶莹呀
是我不屈的灵魂
它仍在阳光下熠熠生辉

这些碎片
将在这个冬季升华成高天上的流云
并在来年春风化雨　滋润万物

2019 年 1 月 20 日

公平交易

当承诺坠地
面对责备的暴风骤雨
你却无反驳之力

当质问变成歇斯底里
你纵有怒火万丈
也要用沉默压灭在心底

心似黄连脸在笑
纵然尊严被打碎一地
一片一片　仍需跪地捡起

这是生命必须的承受
就说服自己吧　不能生气
因为　你需要生的权利

用人格担保预期
就该用尊严买单结局
因为　这是公平交易

2019 年 2 月 4 日

你的泪

你的泪
已把男人的尊严摧毁
此刻　我才明白
什么是至高无上的尊贵

我把悲痛的额头
重重地叩响　如雷
用额头浸出的血
祭奠对你的万般羞愧

执之双手
凝你紧锁的双眉
让我给你神奇的力量
超越这尘世之累

还是想想明天吧
让不堪的痛苦再一次顺随
就算痛不欲生
对当初的选择　也绝不后悔

因为　只有坚持
生命才能硕果累累
因为　只要坚信
远方绝不会愧对

2019年2月19日

错与罚

把梦做到恣意
注定是个错误
恰如一条无知的毒蝎
在夜幕的掩护下
轻狂到无以复加

疯狂过后
灵魂受到无情惩罚
犹如一条冬眠的夏虫
在寒风的摧残下
已无疼痛　亦无盔甲

心中的禅院
已被风蚀成残垣断壁
但钟声依旧悠扬
拂平了无奈的岁月
拂平了尘世的伤痕

2019 年 11 月 4 日

送你一朵小红花

——同名电影观感

笑着笑着　哭了
泪花儿在笑容里晶莹
晶莹的是苦涩
也是希望

哭着哭着　笑了
笑脸在泪花儿中绽放
绽放的是洒脱
也是远方

生命实属不易
每一秒的快乐都应珍惜
无论有多少磨难
都要含笑面对

生活虽需负重
学会放下才能快乐
不管多么艰辛
都要含泪微笑

为了爱你的人
勇敢地相信未来吧
爱能照亮前行的路

爱已赋予无穷的力量

为了你爱的人
坚定地走向远方吧
远方的花儿已盛开
爱已化着十里春风

而你爱的人
她已等在花开的地方
正拈花微笑
等着奉上一朵小红花

2021 年 1 月 1 日

尘埃（一）

烟火人间
我的需求
少得可怜

滚滚红尘
我的到来
如微粒一现

本就瞬间
怎敢奢望永远
注定平凡
或许看不见
我紧紧抓住
活的尊严

一缕尘烟
来无声　去也无影
将随风飘散

紧握善良
不让美好丝丝错过
是生命最近的岸

卑微生命
有了一种精神
灵魂就会鲜艳

2022 年 9 月 10 日

尘埃（二）

一粒时代的尘埃
从古城的上空飘下　纷纷扬扬
落在了你我的肩上
化着那个夏天　难以承受之殇

大暴雨和疫情接踵而至
凌乱了城市的烟火和灯光
持续的等待中
悄然改变着生活既定的方向

天天见面的保洁阿姨
开早餐店的小夫妻
隔壁公司漂亮的小姐姐
还有　已凑不齐房租的外卖小哥

也许有些人　此生真的无缘再见
听说　他们打算返回家乡
还有许多不知所措的人
仍在焦虑中彷徨

也许
曾经的梦想
已被祸不单行打碎一地
可现实　却还在无奈中起伏跌宕

但无论如何
都须咬紧牙关硬扛
捡拾起碎落的心情
和这座城
在含泪的奔跑中共同期望

你乐观的信念
已把城市的冷夜点亮
你已经和这座城血脉相连
她感到了你微小而坚定的力量

时代的尘埃
无可选择地落在了你疲惫的肩膀
而你却在执着中
选择了坚强和善良

2021 年 8 月 26 日

一声叹息

——电视剧《胡雪岩》观感

繁华落尽
一梦若烟云
皆被雨打风吹去

说什么功名利禄
道什么男儿风流
身后任评说

红颜散去
空寂悠悠故人园
可怜白发娘亲
叫儿如何拜灵前

江湖恶
步步惊心皆冷箭
生死哀
难遂平生愿

怎奈何
尘凡沧桑　世态炎凉
怎奈何
江河日下　乾坤流转

家国一声叹

重过旧河山

江山无情

却留英名在人间

2020 年 1 月 3 日

路 灯

一

天亮的时候
你无须想起我
因为
我已托付阳光
为你照亮世界

天暗的时候
你无须关注我
因为
为你做的一切
我心甘情愿

也许
我会短暂缺席
却始终
不离不弃

二

当一切
都成了习惯
也许
只有缺席
才能彰显价值

2021 年 2 月 2 日

匆　匆

人间匆匆
一转身
山河已冬
秋成了昨日风景

消失的　记住了
痛苦的　忘记了
黑夜没有灯
我借着星光
朔风夜行

我站在大河岸边
掬水月在手
把年华付于流水
让浪花带走难挨
留下岁月长吟

熟悉的　生疏了
暗下的　点亮了
我愿匍匐在大雪纷飞的旷野
静听冰层下
悄悄生长的声音

洗尽铅华
看惯秋月后
我大声对自己说
不害怕
因为　她还在

2021 年 11 月 10 日

那年的雨

那年的雨
伤了夏　愁了秋
一场一场　一遍一遍
不停漂洗尘世铅华
惆怅着难挨的日子
乱了烟火人间

整个心情都化进烟雨
所有的期待
还未及表达
已匆匆淹没在洪水中

一串雨珠
轻轻弹起　叹息流年
心底禅院钟声
舒展了紧绷的容颜

千年古城墙的深处
又听花开的声音
乍起的秋风
已在初寒里布施岁月

2021 年 8 月 31 日

被偷走的时光

无论你是否愿意承认

生活　还是被病毒劫持了

时光已被侵蚀得支离破碎

疫情下的你我

宛若暴雨中的一粒微尘

无法掌控自己

生活被频繁地打乱

无奈成一种常态

我们已尝试着学会

用可控的心态　去改变不可控的现实

我们似乎变得坚强　敢于在

不可控的生活中好好活着　活着

疫情时光

添加了苦涩作料

烟云一段岁月

我们在变幻无常的红尘中顿悟

太多的结果　没有为什么

好好活着　就是最好选择

那些时光

满满都是沉重

祈祷云开雾散的日子

好像只剩下等待
等待一趟旅行　渴望一次重逢
熬过一段难挨　静守一个希望

一句　等到疫情后再说
欲言又止中透着心酸
四季的长风和无休止的疫情
把这个城市氤氲得面目全非
而你却还在含泪的奔跑中
追赶岁月

被疫情偷走的时光
也许　就储存在生命的等待里
渴望着发芽　开花　结果
而生命
最煎熬的是等待
最美好的却也是值得等待

2022 年 1 月 11 日

天净沙·冬思

昏灯长路凄风，
只影残雪三更，
烟火人间清冷。
红尘若梦，
赶路人披月行。

2022 年 1 月 30 日

乞 求

乞求
是治疗绝望的
最后一剂药

尊严
是服药入口的
最后一杯水

任谁又能在乎呢
这恍惚的尘世

没了真
你我都是乞丐

丢了诚
人人皆为走肉

2022 年 8 月 26 日

秋天来了

野蛮生长的力量
逐渐内敛
一切都安静下来
开始归纳岁月
等待秋风检阅

飘落的叶子
以最美的舞姿
做最后的告别
没有遗憾　未曾留恋
以回归大地完美生命

枯萎的小草
把心思藏进根脉
能量在地层下汇聚
没有迟疑　未曾伤感
从容面对乾坤轮换

枝头的果实
把生长的秘密融入灵魂
迎接秋风巡礼
红红的脸蛋似在宣示
成熟　才是自己给出的答案

碧澄的湖水
把高天上的流云揽入胸怀
用心灵的眼睛丈量星辰大海
它在静静地等待
迎接一场冰雪

秋风巡视了一切
它说
岁月静好
已无遗憾

2022 年 8 月 28 日

秋 风

带着北回归线的旨意
秋风正巡礼九月的大地
以清凉书写秋的序章
用色彩点缀惊喜

当秋风开始收割炎热
浮躁便加速逃离
秋雨紧跟而至
把夏天剃度彻底

出暑的风儿不再喧嚣
轻慰草木　安然有序
内敛中沉淀三伏
萃取日月精气

所有美好
皆为冷静后的结晶
却无法赎回
疯长的日子

秋风
不停催促岁月
却在季节转换中
隐入尘烟

2022 年 9 月 5 日

面 具

人都有两副面具
一副让别人看
一副只能自己看

当揭开假面具
还能被认出来
就称得上是"人"

若面目全非
那只能是"鬼"了

2022 年 10 月 11 日

逃 离

逃离
朝着家的方向
日夜徒步
迷茫中透着惊慌

重新开辟回家的路
蹒跚在清野高岗
虽是义无反顾
泪　还是盈满眼眶

前方是谁人儿女
后边又是哪家高堂
逃离这座城市的恐惧
一点点靠近家里灯光

其实
我们一直尝试着
逃离压抑、委屈、无奈和创伤
可谁又能真正独善其身
生如蝼蚁　犹豫彷徨

天灾不知人间苦
人祸难燃烟火凉
逃离　逃离
逃了躯体　留下心伤

2022 年 10 月 31 日

一年好物

一年好物
尽在秋风深处
怎堪那
苦雨难度
天上
不知人间苦

隔离了秋
无法封闭冬的小路
市井烟火
已是稀稀疏疏
又添几处寒鸦
哀鸣高处

北风已经吹来
候鸟飞走
留鸟瑟瑟发怵
冰雪还在密谋
知否　知否
有人轻轻啼哭

2022 年 11 月 11 日

暮　秋

四顾清冷

断鸿声里知秋去

更着黄昏雨

怯流年

今夕何夕

经年争得薄幸名

惭愧少年意

浮光掠影流水事

算而今

点点滴滴

风吹残红

雨打黄叶落满地

片片声声总关情

不干风月

滴滴答答诉平生

2022 年 11 月 16 日

一帘清雨

一帘清雨
一抹荒烟
残红零落寥寥寒

犹记
那月那年
登高揽胜风满袖
何曾把愁谈

而今
红尘灯火市
梦里天上人间

万千心绪难表
只留下
轻愁一点

2022 年 11 月 18 日

冬 雨

一

小雪节气
雨下不停

不知是冬负了雪
还是雨背叛了夏

雨儿
本是夏的伴侣
却跑来做冬的情人

不知道
该赞美你的热情奔放
还是指责你的水性杨花

二

本应该
如雪花般盛开
却凌乱地放任自流
也不愿片刻等待

颓废的结果
只能被泥土掩埋
只有把自己变成雪花
才能把大地染白

2022 年 11 月 21 日

这个冬天

入冬
风起
寒气已咄咄逼人

大雁走了
几处寒雀怜相问
盼春还待几暮晨

寒风流放雪花
稀稀疏疏轻模样
萧瑟入土飘零身

影子逃离
沉寂灯火
紧闭市井门

莫名眼泪
大火中的亡魂
徒步回家的人

北风不管人间冷
黄叶凋敝
冬意深

2022 年 11 月 29 日

元宵节感怀

新禧的第一次月圆
我把祝福融入信念
随今晨的第一缕清风
潜入这令人感慨的春天

伤痛
正被东风轻轻安抚
月上柳梢头时
花千树再次点亮夜晚

煎熬
终会被时光冲淡
那留在记忆里的苦乐
谱就了世间的沧桑变换

周而复始啊
阴晴圆缺里把岁月感叹
生生不息啊
悲欢离合中把日子期盼

日月星辰
协奏起经纬流转
微小的力量
总给人热泪盈眶的震撼

一路向阳
把阴霾丢进灰暗
朗朗乾坤
月缺月满　天上人间

2023 年 1 月 25 日

这个春天不一样

这个春天
土耳其、叙利亚大地震
见证了种族之殇
一个西方　一个东方

这个春天
全球化与逆潮流仍在争吵
遏制与反遏制激烈较量
各种角色纷至登场

这个春天
持续的俄乌炮火
撕裂了善良的梦想
重塑着世界的模样

这个春天
留下太多的伤
疼痛还在延续
世界充斥着迷茫和反抗

这个春天
天籁慰藉劫后重生
冰河炸裂的声响
协奏起迎春花的绽放

这个春天
天道如此玄妙
东风解封沮丧
开始拥抱久违的阳光

2023 年 2 月 14 日

这个春天

奉阳光旨意
春天的信使和东风结伴而行
正解封苦涩
向大地传播万紫千红

她走向冰冻的原野
唤醒还在冬眠的生命
新的期盼
正在地层下涌动

她走过湖海山川
抚慰伤痛
寂静三年
万物不息　依旧峥嵘

她走进市井街巷
轻叩紧闭的窗棂
人间烟火
在清冷中袅袅升腾

这个春天
我已学会忘记
忘记那些难熬的日子
留下对未来的期许

这个春天
我要感谢自己
纵尘世有万般无奈
对岁月终是不离不弃

这个春天
我已懂得珍惜
珍惜身边的每一份感动
善待每一个个体

这个春天
我要问候每一个黎明
还有
每一个含泪奔跑的生命

2023 年 2 月 14 日

三 月

三月清风
穿越广袤原野
带着远方的问候
来赴我的约会

南方的新燕已归
北国积雪加速消融
冰河炸裂的声响
催醒着冬眠生命

紧掩的春帷已揭
寂寞的窗棂徐开
我布下万物萌动的道场
在北方小城等待

淡淡的清欢已消
市井烟火正旺
我把阳光
裁剪成迎宾的礼装

清风叩启小小心扉
我满心欢喜
把这令人感慨的春天
迎入人间

2023 年 3 月 4 日

早春记忆

一缕清风
穿越生命的四季
选择
在这个春天小憩

一路风尘
抚平来时痕迹
岁月
模糊了痛的记忆

一袭小雨
把凌乱的岁月漂洗
小路
弥漫在泥泞的花香里

一场疫情
解答了真善美的意义
人间
依旧蒸腾烟火气

昨夜灯火不熄
晨辉晓露依依
朝霞
再次随太阳升起

2023 年 3 月 30 日

夜·城

披着繁华外衣的夜城
充斥着窃窃私语
却难以寻觅
　一个人影

面对冷漠的街道
莫名的痛楚瞬间袭来
夜的后边　不为人知的神性
正在撕咬灵魂

躲在市井的角落
以岁月丈量斗转星移
用最好的年华
祭奠城市留下的痛殇

路灯下的琴师
长袍随地　一脸西风
把夜半琴声
演绎得悠远而低沉

若丝丝倾诉
似声声叹息
知否　知否
温柔待我

2023 年 4 月 26 日

请忘记昨夜的哭泣

请忘记昨夜的哭泣
因为　沉浸于痛楚
只会步履蹒跚
还将毁掉今天

请微笑着面对生活
因为　阳光心态
是快乐源泉
也是幸运的起点

请删除所有的不快
因为　放下包袱
才能轻松向前
生命也会灿烂

请大胆相信未来吧
因为　当太阳
再一次把朝霞点燃
又是崭新的一天

2023 年 5 月 4 日

那些起风的日子

那些日子
生活不容我们片刻偷懒
总是　刚刚跨过一道坎
又得精疲力竭翻越一架山

登上山顶
却又袭来更多的凶险
这时　我们难免抱怨
活着　真的好难

我们就这样　坚持走啊走
穿过四季　几度月圆
不管有多么无奈
都会咬紧牙关

生活总有这样的煎熬
进和退　都是一种考验
至暗时刻　必须自我救赎
独自燃起生命的火焰

因为明白
退却是对明天的弃权
而只有活下来
才能抵达风景的彼岸

2023 年 6 月 1 日

有时候

有时候
不要奢望别人陪你一起走
因为　有些路
注定孤影独行

有时候
不必责怪别人的袖手旁观
因为　有些事
只能自力更生

即便再多无助
也不要把脚步暂停
就让永不言弃的心灯
照亮这爱恨交错的旅行

尘世
让我们在挫败中疼痛
生活
让我们在希望中奋争

当沉淀的苦涩
驱散了岁月的冷风
生命就开启了
一段全新的航程

2023 年 6 月 3 日

人在低处

人在低处
不要轻易打扰朋友
因为　有些痛楚
只能独自承受

人在低处
不要对别人过分苛求
因为　伸手相助是情分
袖手旁观非荒谬

锦上添花不稀奇
雪中送炭最稀有
人在高处　朋友看到你
尔在低处　你看到朋友

请保持脸上的微笑
让阳光照见心灵的窗口
因为　心态峥嵘
才能自我赎救

请保持心中的信仰
在沉默中书写生命春秋
因为　大音希声
岁月如流　滚滚不休

2024 年 4 月 10 日

红梅花开

冬天　就是你的春天
——次第花开送暗香
凌寒　就是你的态度
——潇洒情怀自飞扬

该绽放的时候
即便漫天雪霜
也要张开笑脸
把故事灵动在花蕊之上

开花　　开花
花开的声音在花瓣上回响
开花　　开花
以最傲娇的姿态歌唱

如果开花　你就尽情地开
开出热烈　开出酣畅
如果开花　你就惊艳地开
开出傲骨　开出闪亮

开花　是对生命的礼赞
自我突破　自我解放
开花　是为尊严的战争
脱胎换骨　涅槃凤凰

开花　就按照自己的节奏
静默　厚积　然后怦然开放
开花　就遵循自己的思路
一朵　两朵　然后开成花的海洋

2025 年 2 月 11 日

春 雪

穿越
彰显生命勇气
以最长情的告白
向春天致意

穿越
带着温暖讯息
以最惊艳的姿态
为季节洗礼

纷纷扬扬
和着春的圆舞曲
带着东风的请柬
把春暖花开的消息传递

飞雪裁衣
把婚纱披上山川大地
以最浪漫的方式
把春天迎娶

雪落无迹
以无声诠释生命意义
化作一滴水
融入乾坤交替

2024 年 1 月 31 日

那个夏天

那个夏天过后
每当有夜雨声
我总会被惊醒
辗转反侧　心绪难平

恍惚又看到
洪水的嚣张和汹涌
还有惊慌失措的人们
风雨中无助的情景

那个夏天
狂风吹灭了谁家的灯
暴雨淋湿了谁人的梦

那个夏天
有多少惊心动魄
又有多少风雨中的感动

那些夏日记忆
已融入劫后重生
咬紧牙关的难挨
持续坚强着今天的生命

那个夏天的故事

已飘散在昨夜的风中
而故事里的你我
却依旧步履匆匆

2024 年 6 月 24 日

花 开

花开的时候
我就回到了家乡
一路风尘
循着春天第一缕花香

芬芳的记忆
把疲惫灵魂轻轻风扬
一袭清风
为旅途轻抚疗伤

满园花开
唤我一次次回望
花开季节
故乡再一次把我滋养

我把沧桑岁月
植入故乡的土壤
肥沃的土地
再次绽放向远的梦想

2024 年 4 月 7 日

回 家

花开季节
我离开了故乡
那天　一路阳光
那年　青春待放

沿着家乡的小路
一直走向远方
从豆蔻年华
走到两鬓如霜

看西域大漠孤烟
历北国雪花飞扬
沐江南蒙蒙细雨
踏南海滔滔大浪

汗水撒在路上
滋润了孤旅沧桑
眼泪湿润记忆
把故事讲了很长　很长

用少年的情怀谱曲
把追梦片段低吟浅唱
任四季变换寻常
随岁月苦乐成章

芦花漫天的日子
我又回到出发的地方
把一路远行的伤痕
深深埋入故乡的土壤

手捧黄土
我潸然泪下
在故乡的月下祭奠过往
于儿时的风中舔舐疗伤

2024 年 8 月 31 日

冬天的河

喧嚣退去
安静自然天成
汹涌的浪花成了夏日记忆
寒风已开启另一段旅程

我身披晚霞
与这条河流并肩而行
我了解其曾经的澎湃
更懂它当下的细语呢声

当一切都回归本真
生命开始涅槃　重生
轻轻地流向远方
以岁月独有的从容

流过这个冬天
奔向下一个春天的繁盛
一直向东　向东
汇入蔚蓝色的风景

2024 年 11 月 22 日

摆　渡

封存这个冬天的荒芜
用最后一片雪花
祭奠锈蚀的风雨

我已预订好
来自春天的第一份礼物
新燕正在派送的路上

站在季节裂缝处
用一片飘落
超度岁月

把伤痕隐入掌心的皱纹
合十而立
让风儿轻抚含霜的睫毛

将阳光融入钟表的嘀嗒
然后　用光阴焚香
摆渡灵魂

2025 年 2 月 16 日

从前的玩具

从前
我们自己动手制作玩具
快乐时光
被轻松点亮

滚铁环
丢沙包儿
抓石子儿
我们玩得很疯

常常月下
赶着影子跑
忘记了作业
想不起回家

那天
村里来人
自行车清脆的铃声
牵引起一串长长的
被追逐的欢乐

客人进门后
在不断地被驱赶中

而那车上的铃铛
便成了我们
最惊喜　最新鲜的玩具

2025 年 1 月 15 日

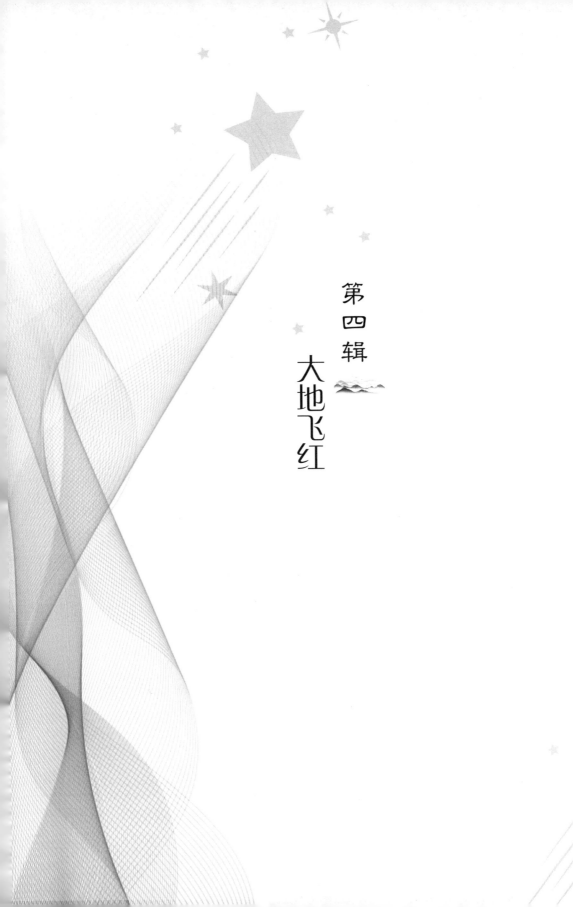

第四辑

大地飞红

有一个声音

——追思著名播音艺术家关山老师

当北方的雪花
还未及盛开
您却踏着深秋的
最后一片落叶
走向远方
把背影留给了津沽大地

当海河的浪花
还在呢喃中绽放
您却静默于初冬的
最后一抹晚霞
挥手而去
用声音留住了人们
对一座古城的集体记忆

有一个声音
影响了一代人
在大河上下广为传颂
您让经典的文学作品
走进千家万户
用声音点亮人间烟火
温暖了难忘的岁月

有一个声音

是一面旗帜
在长城内外猎猎飘扬
您把家国情怀融入激越
为党和人民深情歌唱
用直抵人心的时代强音
激扬了几代人的梦想

有一个声音
是一座高峰
忠诚是它坚固的根基
人格是它璀璨的峰顶
这个声音
已汇入讴歌时代的洪流
被烙上深深的国家印记

有一个声音
是一份大爱
德艺双馨
不足以赞美您的光辉
您毕生追求在声音的世界
诲人不倦
用师道续写了新的传奇

这个声音
从未曾离开
它仍在你我耳边萦绕
穿越了两个世纪的时空
还在讲述着中国好故事

我相信

您只是刚刚结束一次播音或者演出

中场休息　暂时谢幕

我相信

这个声音

将被这平凡的世界永远铭记

2020 年 11 月 20 日

（本诗与黎明合作）

大地之子

——写给百岁抗战老兵白桂清

您从沃野千里的黑土地走来
扛起那个时代的青春担当
一路追寻真理的光芒
从白山黑水出发
翻越长城　强渡黄河　突破长江
纵马江南　千里跃进　血战桂湘
万水千山总是情
您留在神州大地上的每一个脚印
都浸透了浓浓的家国情长

您从战火辉映的党旗下走来
镰刀和锤头锻造的精神图腾
铸就永不褪色的坚定信仰
无论炮火纷飞的战场
还是和平年代的后方
都塑造着平凡的榜样
一百年　三万六千五百天
您生命里的每一次日出
都坚定着初心的方向

您从人间的烟火中走来
万家灯火度流年
繁华落尽　方显英雄本色
当峥嵘岁月隐入平静生活

忠诚 在脚踏实地中升华

大我 在默默无闻里闪光

神仙伴侣情牵七十载

享天伦 儿孙膝下承欢

言身教 家风如月朗朗

您从世纪的风雨中走来

行走在中国的大地上

见证了这块土地的苦难沧桑

岁月不负丹心

盛世如您所愿

复兴之势已呈大河汤汤

您是这块土地的儿子啊

为了大地丰收 奉献了所有的力量

您的精神将生生不息 世代传扬

2022 年 6 月 11 日

追　寻

——写给百岁抗战老兵白桂清

千里万里我追寻着您
从白雪皑皑的北国
到春潮涌动的南海
我不知疲倦地追寻
不曾停歇　不敢懈怠

青丝白发我追寻着您
从青春懵懂的少年郎
到不忘初心的耄耋翁
我千回百转地追寻
不曾迟疑　不能忘本

梦里梦外我追寻着您
从儿女情长的家
到千家万户的国
我魂牵梦绕地追寻
不曾放弃　不会褪色

我骄傲啊
我是一名老共产党员
百年风雨　薪火相传
我自豪啊
我用一生的信仰去追寻
矢志不渝　血脉相连

自从党旗下宣誓

追寻的方向　就绝不改变

我用生命初心

为信仰　谱写忠贞

我用实际行动

为誓言　践行终生

2022 年 6 月 13 日

战地黄花

——致上甘岭前线阵地唯一女兵柳岳继

一朵小黄花
生在赤水河畔大山下
大雁飞过萧瑟处
上甘岭上绽芳华

我把歌儿唱给故乡听
少小离家走天涯
被那道光引领
把一生交给她

我把歌儿唱给岁月听
风雨压不垮　苦难中开花
当最后一缕硝烟散尽
春回大地永牵挂

我把歌儿唱给祖国听
歌声穿越四季冬夏
老骥伏枥志千里
遍地黄花映朝霞

我把歌儿唱给明天听
一缕清芬绕脸颊
阅尽人间春色

再唱浩浩新征如画

这曾经燃烧的土地
矫健了我青春的步伐
那曾经艰难的岁月
把信仰淬炼　把激情挥洒

2024 年 8 月 4 日

那年离开家

——致抗美援朝老兵柳岳继

那年离开家
全是激动的泪花
来不及告别
却用坚定的背影作答

被那面鲜红的旗帜吸引
一路歌声向天涯
带着妈妈的牵挂
从军的路上慢慢长大

没有害怕
路上的眼泪自己轻轻擦
义无反顾
让鲜花开满青春枝丫

从赤水河畔
一路追随远方的红霞
从豆蔻年华
一直走到青丝白发

跨过鸭绿江
时代的使命在心里发芽
浴火奋战上甘岭

铁血青春绽芳华

军中百灵鸟
唱过春秋赞冬夏
当代花木兰
热血报国扬天下

2024 年 9 月 12 日

听你的话，跟你走

——致敬抗战女兵初峰

是谁把我声声唤
从豆蔻年华到耄耋之年
我追着光的方向
栉风沐雨　一路向前

循着你的声音　跟在你身后
从北国一直到江南
合着花开的声音
一路芬芳　一路灿烂

淮海大平原
战地黄花分外艳
渡江的战船上
有我拉起的高高云帆

任时光变迁
依然清晰那烽火连天
血脉里的激情依旧澎湃
骨子里的信仰依旧如山

听你的话　跟你走
涉过冰河　穿过烈焰
我怀着青春的向往

那血染的风采无比斑斓

听你的话　跟你走
我把岁月融入生命的花瓣
跟你走　不迟疑
走过四季　走过月圆

跟你走　我就不再回头
和你一路风雨共担
青丝白发不忘来时路
碧海丹心　初心永远

2024 年 7 月 30 日

红梅花儿开——江姐

我在影视剧里
目睹您视死如归的风采
一枝娇艳的玫瑰
在腥风血雨中顽强盛开

我在文学作品里
读懂您忠贞不渝的情怀
黎明前的暗夜里
您用青春的热血洞穿雾霾

我在托孤遗书里
感悟您真挚暖人的母爱
一字一句血脉情真
可怜我那襁褓里的孩子

我在渣滓洞遗址里
现场触摸那个年代
心灵依旧被震撼
到底是怎样的信仰　坚定着未来

四季轮回　周而复始
红岩上　红梅花儿依旧开
歌乐山上的太阳
还普照着葱葱翠柏

穿越世纪风雨

昨天的故事　还在今天感慨

神州处处风雷起

大地已是春常在

2022 年 10 月 31 日

抗日名将——杨靖宇

白山黑水不会忘记
那支队伍已经断粮
忍着饥饿　迎着风雪
是在怎样恶劣的环境里
和敌人殊死较量

林海雪原不会忘记
你把最后一颗子弹留给了自己
精疲力竭　身负重伤
你倒在了敌兵围困的血泊中
把大地染成殷红的悲壮

断颅剖腹　身首异处
就连残暴的敌人也由衷仰望
一座躯体的大山倒下了
而一座精神的丰碑
却屹立起不屈的信仰

林海阵阵　寒风猎猎
还讲述着　那场战斗的惨烈
雪落无声　那黑土地
还在静默中祭奠英魂

伟大抗战精神代代传扬
长白山巍巍　颂不尽赞歌高亢

英雄从未走远
松水滔滔　流不尽追思之殇

杨靖宇　一个提起来
让敌人胆战心惊的名字
杨靖宇　一位提起来
让亿万国人无法释怀的铁血战将

杨靖宇
一个穿越历史时空的名字
杨靖宇
一个融入民族精神的灵魂

英雄
从未被历史烟尘隐藏
长白山的翠柏　郁郁葱葱
将军的精神　万古流芳

　　　　　2022 年 11 月 2 日

"人民诗人"——贺敬之

从家乡出发
朝着延安的方向
一路坎坷　一路艰辛
只为探寻梦想

陕北纯朴的民风把我塑造
延安小米饭呀　分外香
鲁艺精神融入血脉
延河水呀　把我滋养

我把自己的根植入黄土地
用文字为亲人们歌唱
我用诗歌吹响集结号
双手紧握闪亮的钢枪

从延安出发
朝着北京的方向
一路前行　一路高歌
胸怀坚定信仰

古老的大地换了人间
胜利号角呀　多么嘹亮
当文字融入时代的脉搏
诗歌就焕发了无穷力量

我在《西去列车的窗口》下定决心
你在《中国的十月》《放声歌唱》
我在《回延安》的途中　热泪盈眶
你在《雷锋之歌》里找到榜样

从北京出发
朝着世界舞台的方向
我把中国故事
向全人类传扬

路走了很长　很长
我不会把过去遗忘
从少年走到今天
我仍记着出发的地方

故乡的云
给我小小的梦想
敬爱的党
却给了我坚定的信仰

2022 年 11 月 5 日

当代 "神农" ——袁隆平

您是大地的儿子
一生躬身土地
水田中播下希望
稻香里收获梦想

您有大地的色彩
用泥土写意黝黑脸庞
您以本真铺展生命底色
用稻花涂彩天地玄黄

您有大地的深情
把无际稻田执着守望
为了大地的丰收
用朴实书写纯真信仰

您有大地的厚重
用大爱催生一粒米的能量
以一粒米　承载
无数生命的尊严和光芒

您有大地的情怀
撒满人间大爱芬芳
胸怀苍生　家国天下
让希望的田埂延绵万河千疆

每一阵清风掠过
稻菽皆翻起千重浪
那是大地的问候
更是对当代神农深切的怀想

每一缕阳光照来
稻穗都在明媚里闪光
那是大地颁发的最高奖章
惠及万代　国士无双

您已融入大地
精神宛若奔流东去的大江
您正穿越时空
功勋将被世代传扬

2022 年 11 月 11 日

赫赫而无名的人生——黄旭华

深潜浩瀚大海

静守绝密人生

隐下姓

甘为无名英雄

挺直胸

铸就海底长城

昂起头

绘制强国真梦

彼时正青春

归来鬓如霜

三十年赫赫而无名

不可言说的人生

如深海蓝鲸

悄无声息

澎湃前行

也许潜得太深

无法听清娘亲的唤声

您把愧疚的眼泪

偷偷融入波涛汹涌的航程

也许使命召唤

人间烟火若梦

妻儿的等待总是很长　很长

长过一生的风月柔情

您说
对国家的忠
就是对父母最大的孝
您默默无闻
在深海点燃风灯
照亮盛世太平

您说
此生属于祖国
此生无怨无悔
您用生命　注解
伟大与平凡的执争
您用忠诚书写
赫赫无名的人生

2022 年 11 月 25 日

灵魂的重量

——缅怀"中国核潜艇之父"黄旭华

三十年光阴
隐入深海的舱房
用硬骨头
夯筑万里海疆的城邦

锚定海底
无怨无悔　静默生长
在忠孝悖论里
校准声呐波纹的航向

把赤子之心
融入每一丛珊瑚的绽放
在惊涛骇浪里
用信仰写下忠诚的诗行

母亲的思念
已凝结成霜
在潜望镜里
折射出故乡的月光

半生离苦
被泛黄的演算纸轻轻收藏
如果还有来生　好想做回

母亲膝下平凡三哥的模样

星空　是遥远故乡
那张深情的网
每一朵浪花
都辉映着娘亲关注的目光

今夜　所有潜艇都浮出海面
每颗星斗都在祈祷
今夜　大海正用潮汐称量
您灵魂的重量

2025 年 2 月 9 日

太行愚公

朋友

您来过河南吗？

您听说过红旗渠吗？

您了解"红旗渠之父"杨贵吗？

他不仅是河南的骄傲，

也是新中国的国家记忆；

他不仅是艰苦奋斗的榜样，

更辉映了共产党人的初心和担当。

一个写入中华民族精神谱系的人物。

一条极富中国精神的人工天河。

有机会来河南，请您一定要看看红旗渠。

谨以此诗，献给红旗渠的缔造者杨贵和每一位

投入青春和热血的筑渠者。

世间一遭

若有做英雄的机会

谁愿留下遗憾

改天换地的英雄梦啊

藏在云雾缭绕的白云边

筑在太行的千壑万岭间

这个梦

浸透了世代血泪和汗水的容颜

面对生养我的贫瘠土地

除了自力更生　别无挑选
面对子孙后代的福祉
艰苦创业　何惧艰险
太行硬骨头　十年鏖战
巍巍山梁见证了无私奉献

一把把铁锤啊
一根根钢钎
当代愚公把山搬
唤来千层波　万重浪
牵引甘泉润河山
浪花朵朵　日夜欢唱
把英雄的故事声声赞

当红旗渠
以巍巍太行为背景
饱蘸历史情感之墨
以钢钎之笔触
绘出影响千秋万代的新画卷
十万筑渠大军
便是这幅红色千里江山图的妙手丹青

当代愚公
凝聚天地间大写的精神
缔造人间奇迹
以共产党人特有的勇气和担当
成为林县人心中
当之无愧的英雄

一条红旗渠　一颗赤子心
一条精神渠　一幅斗天图
一条生命渠　一张英雄榜
一条幸福渠　一卷山河志

世间天河听人唤
只此青绿换新天
英雄传奇　萦绕巍巍太行山
红旗渠精神　永驻天地间

2023 年 3 月 13 日

西姜寨的雨

西姜寨的雨
淅淅沥沥
缥缈了我三十年的思绪

西姜寨的雨
如诉如泣
诉不尽离别后的境遇

夏日的风
吹拂着青葱的过去
那时
咱有说不完的秘密

夏日的雨
淋湿了我的记忆
那年
咱是一块儿疯的兄弟

丰收的麦浪
摇曳着岁月的雨滴
收获的季节
您却在麦香中挥手而去

我听到了妻儿的撕心裂肺

我看到了白发人送黑发人的
悲戚
我在恍惚中祈祷
我在不知所措中唏嘘不已

我把过往的片段封存
发酵岁月长唏
我把初心和真情串起
谱就平凡生命一曲

挥一挥手
您轻轻地别离
不带走一片云彩
却留下永久的青涩回忆

2023 年 5 月 27 日

敢为天下先

——赠胡大白先生

天道沧桑
竟在弹指一挥间
感恩岁月
赐予我丰盈的华年

当第一缕春风吹过
我迎着朝霞扬帆
栉风沐雨
信念激扬在大河两岸

我的泪和汗
洒在辽阔的大中原
巍巍嵩山
见证了生命之蝶变

命运劫难
雕刻生命　身残志坚
看我东方之子
倾情演绎　敢为人先

创业的艰难
已汇入讴歌时代的礼赞
家国情怀

已融入创业故事之平凡

许我一生时光
把梦追到璀璨
喜看今日桃李争艳
装点了华夏故园

2018 年 8 月 21 日

永远的怀念

有一个名字
刻在岁月的骨子里
与你我的命运紧密相连
他把跪下的山河重新扶起
为羸弱的中国找回尊严

有一种思想
一直被历史证明
与五千年文明共灿烂
他让百年沉疴的神州大地重焕生机
开启了民族复兴的征途漫漫

有一位革命者
常常被人纪念
红太阳是人民的礼赞
他的六位亲人血染征途
不灭的信仰坚定如磐

有一位军事家
横扫千军如席卷
灰飞烟灭　风轻云淡
阅尽人间春色
胸中自有雄兵百万

有一位诗人
用文字激扬家国情怀
以文治武功指点江山
秦皇汉武　　唐宗宋祖
俱往矣　　皆为平凡

有一位书法家
笔走龙蛇　　挥斥方遒
把一生的豪迈恣意舒展
任它一切牛鬼蛇神
西风落叶下长安

他是农民的儿子
土地的品格塑成刚毅模样
潜潜然　　唯念百姓冷暖
他的一生　　只为人民服务
千秋功业　　换了人间

2023 年 12 月 24 日

病

——致友人

灵魂太任性
终招肉体惩罚
灵与肉的搏斗
痛在骨子里

激情燃烧的岁月
只有世界
唯独没有自己

平平淡淡才是真的日子
和解了世界
才想起自己

2018 年 3 月 13 日

赠白马布衣

韶光不负滑州梦
东风十里绽芳华
千年运河故道
浸染风骨如霞

让翰墨与哲思对话
在笔尖开出绚丽的花
心游万仞
凝缩于斗方之下

书海墨香
滋润儒释道茶
写意了
乐知天命的布衣白马

居庙堂之上
胸有雄兵万里沙
隐江湖之大
笑谈皆鸿儒　心中有胡笳

2018 年 3 月 25 日

送梅子

一枚绿萼花瓣儿
在春天静静飘落
被风轻轻扬起
在四月的阳光里回归大地

清脆的时光
串起芬芳回忆
一路花香的归途
有风的惦记

轻盈的倩影
点缀了季节
最美的姿态
留给了岁月

最后的文字
令人心痛
最后的问候
已随风飘零

还好　还有爱
许多人的爱

伴你一路远行

我相信　这世间

有人怀念　就会永恒

2024 年 4 月 25 日

重逢是首歌

三十年很短
只是弹指一挥间
还未及回味
就从少年到了中年

三十年很长
尝尽人间冷暖
路漫漫其上下而求索
几度花开　几度暑寒

三十年
一万个日夜的沉淀
把浮躁和喧嚣过滤
留下岁月长长的思念

往事似一杯清茶
被日子冲泡得幽香淡淡
重逢是一首歌
旋律宛若山花烂漫

青涩的记忆
收藏在时光深处的河畔
被岭南的风
吹得花开枝满

岁月不老
任时光千般变幻
年华依旧笑春风
伴着初心和灿烂

2024 年 5 月 26 日

回忆是首歌

一缕春风
拂过菁菁山岗
淡淡清香
漫过岁月的花墙

青涩记忆
舞动起青春的霓裳
纯真情愫
装点了瑰丽的梦想

把懵懂的心
藏入心灵最柔软的地方
用岁月静好
把每一个平凡日子点亮

四季长风
掠过唐诗里的地老天荒
感慨时光
已融入宋词的音韵悠扬

青春是缺憾的花园
总有错过的花期和芬芳
回忆是首歌
词曲激扬　一路嘹亮

再回首　当青葱岁月
还在记忆里流淌
风儿轻轻吹过华年
天也朗朗　水也长长

2024 年 6 月 3 日

诗，在春天发芽

你从长河落日的孤烟里走来
一脸西风　一袭长袍
行走在城摞城的土地上
八朝古都衬托着你的身影
数千年的古风吹动你　衣袂飘飘

你留恋于大宋的千里江山
一幅长卷　一曲宋词
千年流转　弦歌不绝
你在清明上河的岸边揽胜
诗词的盛世被涂上春的色彩

你在傲霜的菊香里相邀
一支狼毫　一抹墨香
写尽古城的前世今生
以千年的文化积淀为墨
把梦想写在广袤的中州大地

你在铁塔行云的春天绽放
一群诗人　一颗初心
演绎着古吹台新的传说
把真爱说给今朝
用真情书写明天

2022 年 3 月 27 日

相 约

——祝《郑在读诗》四周岁生日快乐

在那样一个
雪花儿曼舞的冬夜
我与古城
有一个美丽的相约

相约 106.6
用电波葱绿文化的原野
一千多个阳光灿烂的日子
用声音把诗意书写

相约读诗
把对生活的热爱　融入花开
带着诗歌去旅行
把对情怀的追求　汇入大海

相约文化中原
让高雅艺术璀璨万家灯火
敞开胸怀
邀你我登上梦想舞台

你我的舞台
无论是苦　还是爱
都已化作梦中的彩蝶
用真我　绚染生活的七彩

梦想的舞台
无论是冬去　还是春来
用心灵　感知诗歌散发的光辉
用真情　鲜艳人性的美好存在

相约绿城最美的芳华
用诗歌点缀十里春风
带着梦想远航
用坚守温暖一座城

2019 年 11 月 17 日

坚 守

——致敬冰雕连唯一幸存者周全弟老兵

那年冬天
你和战友身着单薄棉衣
抵御长津湖的风雪交加
以最惨烈的坚守
塑成震撼敌胆的冰雕铁甲

啃一口土豆　吞一口雪
饥寒侵袭着每一个人
无限忠诚凝聚脸上的冰花
钢枪朝着敌人的方向
毫不畏惧所谓"王牌军"的神话

满目白亮亮
一切都被雕刻成塔
随时准备冲锋
你以战斗姿态
融入天寒地冻的山崖

漫天飘零
模糊了奇岭山峡
零下四十度
你以"完不成任务决不后退"的信念
为中国军魂作答

阵地安静极了
雪　还在不停地下
恍惚中　似乎又回到遥远的家
那片片飘落
似曾穿越故乡的红霞

三天三夜
把冰雪压在身下
饥寒交迫　冷到骨头里
保家卫国的意志
是点燃生命的最后火花

当冲锋号吹响
你已四肢木麻
"无法冲锋"成了"最大遗憾"
"没有完成任务"
是今生最痛的表达

那年的风很大
还在记忆里叱咤
那年的雪很大
还飞扬在记忆的枝丫
从年少青葱到耄耋华发

虽被夺走了四肢
依旧生生不息
你用残缺的臂膀敬礼

"向祖国，报到"
"活着　就要为党和人民做力所能及的事"

把过去讲给今天
坚守的初心发出新芽
饱蘸家国情仇　你"抱笔"挥洒
把岁月静好
轻轻绘画

2024 年 12 月 3 日

跋

奏响时代的黄钟大吕

——北方河诗集《星星的歌》阅读札记

时 风

首先祝贺北方河的诗集《星星的歌》正式出版，这是他星星系列（《星星点灯》《星星的梦》）的第三本。

在北方河的诗中，我更喜欢他的政治抒情诗。这些诗题材宏大，境界高远，诗意丰富，在当今诗坛独树一帜，也成为北方河诗歌的标签。

作为诗歌门类之一，政治抒情诗在中外诗歌史上起起伏伏，绵延不绝。我们熟知的中国诗人贺敬之、郭小川等，他们的作品都曾影响过一个时代。

在河南诗坛，自著名诗人王怀让以来，鲜见好的政治抒情诗。北方河的诗恰好填补了这一空白。说他是王怀让之后河南诗歌界政治抒情诗第一人也不为过。

文合为时而著，诗合为事而作。当下诗人往往陷入个人情绪化写作，作品大多远离现实，小情小调，且同质化严重，缺少歌颂时代的大作。而在北方河的诗集《星星的歌》中，《再唱春天的故事》《光明颂》《复兴颂》《中原颂》《春韵里的中国》《夏韵里的中国》《秋韵里的中国》《冬韵里的中国》等作品，以时代的宏大叙事为主题，大气磅礴，让人振奋。

就拿《复兴颂》来说，这首诗创作于 2022 年，正值中国共产党第二十次全国代表大会召开之际。作品通过大河和长城的视角，回顾了中华民族五千年来的辉煌历史和艰难历程，展望了中华民族伟大复兴的未来。全诗通过丰富的意象和磅礴的气势，表达了对中华文明的自豪和对未来的无限希望。

在结构和创作艺术上，《复兴颂》采用大河和长城的双线叙事，通过拟人化的描述，将中华民族的精神特质和历史积淀融为一体，展现了中华民族的坚韧不拔和自强不息。《周易》《诗经》《史记》等的穿插运用，不仅丰富了诗歌的文化内涵，也增强了诗歌的历史厚重感。同时，诗中还提到了许多现代科技成果，如天宫、蛟龙、北斗等，展示了中华民族在科技领域的重大突破。"五千年文明的火种生生不息／重新召唤人类美好的向往"两句总结了全诗的主题，表达了对中华文明传承和发展的坚定信心。

什么是好诗？能为广大读者所喜爱和传颂就是好诗。北方河为庆祝中华人民共和国成立70周年创作的《大河长歌》在报纸上发表后，在全国许多国庆活动中广泛传播。为庆祝建党100周年创作的《光明颂》于报纸发表后，被新华社客户端、"学习强国"等转发，被全国多个庆祝建党百年的文艺活动选用。《复兴颂》先后被"学习强国"、人民日报客户端等转发，阅读点击量近千万。

北方河的政治抒情诗音韵铿锵，适合朗诵，深受大众喜欢。从幼儿园的孩子到七八十岁的老者，从普通的朗诵爱好者到专业的朗诵艺术家，朗诵者的年龄跨度、职业跨度都非常大。而各类新媒体如微信公众号、抖音、快手等的自发传播，更是海量。

风格是一个诗人作品的独特标志。有人说，某某诗人的作品，不用看他的名字，只看诗就知道是他写的。北方河的诗就是这样，风格鲜明独特，自成一格。愿北方河在今后的创作中，能够写出更多更好的政治抒情诗，讴歌时代，开创诗风。

2024 年 12 月

时　风　诗人，"诗评媒"微信公众号创始人，现供职于河南广播电视台。